流浪の月　シナリオブック

凪良ゆう／李 相日

ある地方都市に暮らす家内更紗は、かつて事件に巻き込まれた過去を持つ。15年前、小学生だった更紗が、家での居づらさから19歳の少年佐伯文の家に自ら足を運び、社会的な事件となってしまったのだ。それ以来更紗は、自分を押し殺し静かに生きてきた。だが、アルバイト先の友人とふらりと立ち寄ったコーヒー店『calico』で再会してしまう、あの文と。この出会いは二人に何をもたらすのか——。更紗と文、二人の再会とその後を、『フラガール』『悪人』『怒り』を手がけた李相日による監督・脚本で映像化。原作者・凪良ゆうと李相日監督の対談も収録した、ファン待望のシナリオブック。

流浪の月　シナリオブック

凪良ゆう／李　相日

創元文芸文庫

WANDERING

by

Yuu Nagira
Lee Sang-il
2022

目次

流浪の月　シナリオ版　九
対談　凪良ゆう×李　相日　一九七

流浪の月　シナリオブック

流浪の月　シナリオ版

●とある公園（十五年前）

金属音を軋《きし》ませ、ブランコを漕ぐ少女・家内更紗《かないさらさ》（10）。更紗の目線の先、木陰のベンチに座る若い男・佐伯文《さえきふみ》（19）の姿が見え隠れする。

更紗「……」

×　　×　　×

ベンチに座り、ランドセルから本を取り出す更紗。

ちらりと見やる目線の先には、先程と同じベンチで本を読む文。

二人の間にそびえる大木の葉が風に揺れる。

×　×　×

流れる雲が太陽を覆い隠し、空が灰色に変わる。
響く雷鳴。
更紗の読む『赤毛のアン』に、雨粒が染みを作る。
徐々に強まる雨足。
更紗、本を胸元に抱え込み、雨に負けじと文字を追う。
と、更紗の視界にモカシンの靴先が入ってくる。
更紗、ゆっくりと顔を上げる。
文が傘を差しかけてくれている。
更紗、文を見上げ、また靴先に目線を落とす。

さらに強まる雨足。
緑をいや増し、揺れる木々。

●橋

住宅地を流れる川。
雨に濁った茶色い濁流の上を、雲の切れ間から射し込んだ一筋の光が渡っていく。
ひとつ傘に入り、橋を渡る更紗と文。
更紗、遠ざかる公園から目線を戻し、文の横顔をちらと仰ぎ見る。

更紗　「……」

前を向く更紗。濁流音が響く。

○メインタイトル

『流浪の月』

高校生A（声）「ね、こいつ知ってる？」

○ステーキハウス・店内（現在）

スマホ画面に流れる動画。

高校生B「おう、知ってる知ってる」

高校生C「え、知ってる？　ロリコンの男だよ」

高校生A「ロリコンの男」

水際で遊ぶ家族連れから、岸辺に突っ込んでくる車の列が映し出される。場にそぐわない男たちが降りてくる。

高校生A「え、でも、二〇〇七年っしょ？」

高校生C「俺らが生まれた頃だよね？」

高校生A「生まれた頃だ」

動画は見物客たちの生々しい声を拾いながら、桟橋で警察に囲まれる文と更紗を映し出す。

高校生A、文を指差し、

高校生A「えっ？　こいつ犯人？」

高校生C「そうそう、こいつこいつ」
高校生A「お前見ろよ」

高校生A、高校生Bをはたく。
そこはファミレス風のステーキハウスのテーブル席。
男子高校生三人組が、試験勉強そっちのけでスマホ画面に見入っている。
両手に鉄板プレートを抱えた更紗（24）が通路を歩いてやってくる。

高校生A「右が犯人」
高校生B「犯人もろバレしてんじゃん」
高校生A「おう。で、こいつロリコンなの」

更紗、騒がしい高校生たちのテーブルを通り過ぎ、家族連れの席へ。

更紗　「お待たせいたしました。ハンバーグステーキのお客様」
高校生A　「で、次、次見てほしいの、これ」
更紗　「お熱いのでご注意ください」
表情を変えずに、鉄板を置く更紗。
高校生たちのテーブルから「ふみ！　ふみ！」と叫ぶ更紗の声が聞こえてくる。
更紗　「以上でご注文はお揃いでしょうか？」
高校生C　「洗脳されてんじゃん」
高校生A　「そう洗脳されてんの」
高校生B　「子供に洗脳ってやばくない？」
「ふみ！　ふみ！」と叫ぶ声が続く。
一礼して立ち去る更紗の背中に聞こえる、
高校生C　「てかさ、ロリコンなんてみんな死刑にしちゃえばいいのに」

高校生Ａ「あ、それ賛成」

更紗、通路を歩き去る。

○モール・休憩スペース

ドアを開けて、更紗が出てくる。
手すりから身を乗り出し、物思いにふける。
壁際で地べたに座り、煙草をふかしていたバイト仲間の安西佳《あんざいか》菜子《なこ》（26）。更紗におもむろに煙草を差し出し、

安西「吸います？」

驚く更紗。ためらいながら思わず頷く。

安西「（へえ、意外）」

安西、更紗が咥《くわ》えた煙草に火をつける。
一気に吸い込み、途端に激しくむせる更紗。

安西「え、大丈夫?」

ようやくひと息つく更紗。涙目で苦笑を浮かべ、

更紗「……久し振りすぎて、びっくりしちゃって」

安西「顔、青白いよ」

更紗「本当は吸えないです。ごめんなさい」

安西「だよね」

笑う二人。

○走るバス・車内

仕事帰りの更紗がバスに揺られている。
腕に、切り花や野菜の入ったスーパーのビニール袋。

○亮《りょう》のマンション・渡り廊下

七階のエレベーターの扉が開き、ダンボールを二つ抱えた更紗が出てくる。
重そうに抱えながら廊下を歩き、自室へ入る。

○同・キッチン

コンロでぐつぐつ煮える鍋。
シンクで葱についた泥を丁寧に洗い流す更紗。
インターホンが鳴る。

更紗「はーい」

玄関に向かう更紗。鍵を開け、ドアも開けてやり、

更紗「おかえり」

亮「ただいま～」

帰宅した中瀬《なかせ》亮（27）を見て、「ひえー」と笑い声を上げる更紗。

亮「見て、汗でべっとべと」
そのまま更紗に抱きつこうとする亮。
更紗「ちょっと待って。拭いてからにして」
浴室からタオルを持ってくる更紗。
更紗「はい、おつかれ」
更紗、甘える亮の顔を拭いてやる。
キッチンに入ってきた亮、
亮「おっ、晩めしカレー?」
更紗「あ、そう。おばあちゃんからちょうど野菜届いたから。亮くん好きでしょ?」
亮、テーブル上の一筆箋《いっぴつせん》を読みながら、
亮「ばあちゃん無理するから……」
更紗「え?」

亮「さっき父さんから電話あってさ、ばあちゃん昨日から具合悪いらしいんだよ」

亮、テーブルの枝豆をつまむ。

更紗「心配だね。様子見に行ってきたら?」

亮「うん……更紗は(どうする)?」

亮の前に殻入れを置き、シンクに向き直る更紗。

亮「ばあちゃんずっと会いたがってたし」

更紗、亮に背を向けたまま、

更紗「……うん、そうね……」

亮「二人ともさ、田舎の人間だから、更紗の過去知ったら驚くだろうけど、それで結婚反対はしないと思うよ。ちゃんと説明したら許してくれるよ」

更紗、少し間を置いて亮を振り返り、微笑《ほほえ》んで頷く。

亮「じゃあ日曜ってことで、父さんに言っとくね」

亮、機嫌よくズボンを脱ぎはじめる。

更紗「……今度の日曜、シフト入ってるの」

亮「え～、休みは合わせようって約束だろ」

更紗「ごめん。どうしてもバイトが足りないからって急に頼まれちゃって

……」

亮「そんな頑張んなくていいんだよ。どうせバイトなんだから」

浴室へ向かう亮。シャワーの音が聞こえる。

更紗「……（微笑みが消える）」

○同・寝室

鏡台で更紗が就寝前の化粧水を塗っていると、亮が後ろから抱きついてくる。

亮、更紗に頬を寄せ、鏡に向かって、

亮「もしかして怒ってる?」

更紗「(何を?)」

亮「結婚の話」

更紗「ううん……ただ、ちょっと驚いただけ」

亮、更紗の頬やうなじにキスをする。

亮「おれは前から考えてたよ。だから更紗は何も心配しなくていい。おれがちゃんとするから」

更紗の手を取り、ベッドへ誘う亮。

Tシャツを脱ぎ捨て、更紗に覆いかぶさる。

更紗のキャミソールをたくし上げ下腹部に顔を埋める。

更紗「ねえ、亮くん……」

亮「うん？」

更紗「……わたし、亮くんが思ってるほどかわいそうな子じゃないと思うよ」

顔を上げ、笑顔を浮かべる亮。

亮「……うん、わかってる（再び顔を埋める）」

更紗「……」

更紗、枕元の窓を見やる。

頭上でカーテンが揺れている。

●文のマンション・寝室（十五年前）

窓辺の白いカーテンが揺れている。
隙間から見える高く昇った太陽。
足を投げ出して、ベッドに横たわる更紗。
微動だにしない。

●同・リビング

丁寧にアイロンをかけている文。
端整な横顔と痩せて肩甲骨の浮き出た背中。
窓辺にかかったサンキャッチャーが風を受けて鳴り、光を反射しながら回転する。

文

× × ×

白と木目が基調の住空間。簡素なリビングの一角に、アイロン済みのシャツがかかっている。
小さなダイニングテーブルで黙々と朝食をとる文。

× × ×

ゆっくりとシャツを着る文。
肩に鞄をかけ、寝室の入り口にしばし佇《たたず》む。

「……」

文、踵《きびす》を返して玄関を出ていく。

●同・寝室

窓辺に置かれたベッドに横たわる更紗。
玄関のドアが閉まる音。
更紗、相変わらず微動だにしない。

×　　×　　×

夕方。西陽が射し込む寝室。
ベッドで眠っていた更紗、目を覚まし、ゆっくり起き上がると、
床に膝を立てて更紗を見ていた文と目が合う。

更紗「……じっと見られてると、怖いよ」

文「ごめん……死んだようによく寝てたから」

文、目を伏せる。

更紗「うん」

伸びをして、再びベッドに倒れ込む更紗。

更紗「なんだか生き返ったみたい」

更紗、横目で文を見、ムクッと起き上がる。

文に向き直り、

更紗「おにい、さん？」

文「佐伯文……文で、いいよ」

更紗「文、さん」

文「さん、はナシで」

更紗「じゃあ、文」

文の口角が微《かす》かに上がった。ような……

文「なに？」

●同・リビング

スツールの上に体育座りの更紗。

文、ガラスの器に入れたバニラアイスを置き、

文「これでいい？」

嬉しそうに微笑《ほほえ》んでアイスに手をつける更紗。

文「……いつもあんなに寝るの？」

更紗「最近よく眠れなかったから。お父さんとお母さんと住んでる時は普通だったよ。今はおばさんちの厄介者だけどね……」

文　「……両親は？」

更紗　「お父さんはお腹ん中に悪いものができて、あっという間に死んじゃった……お母さんは彼氏と暮らしてるよ」

　　更紗、アイスを頬張る。

文　「……」

更紗　「文さんは……（言い直し）文は、夜ごはんにアイスなんかダメって言わないんだ」

文　「君が食べたいって……」

更紗　「うん。ダメ元で言ってみたの」

文　「……」

更紗　「……更紗だよ」

文　「（うん？）」

更紗　「わたしの名前、家内更紗」

文「更紗、ちゃん」

更紗「ちゃん、はナシで」

文「……更紗」

文の声の響きが、不意に更紗の胸を震わす。

更紗「文……わたし、ずっとここにいていい？」

更紗を見る文。

文を見つめる更紗。

文「……いいよ」

更紗「(笑顔を広げて) ホントに？」

文「(頷く)」

○居酒屋・店内（日替わり）

七～八人のパート仲間で盛り上がっている。

安西「誰かいい人いないっすかね」

米《よね》山《やま》「店長！」

平《ひら》光《みつ》「あ、店長いいじゃん！　意外といいかも」

安西「ありかも！」

酒《さか》井《い》「でしょ？」

笑い声が弾ける。更紗も場に合わせて微笑《わら》う。

「お待たせです」とビールを運んでくる店員。

米山「そう言えばさ、家内さんと飲むのも久々だよね？」

一同「確かにー」
酒井「いつも直帰だもんね」
更紗「すいません」
　平光、もったいぶった調子で、
平光「家内さんは彼氏のお世話をしないといけないのよ～」
　曖昧《あいまい》に微笑《わら》い、ビールを飲む更紗。
安西「え、平光さん、家内さんと彼氏の話なんかするんですか？」
平光「ううん、前に店長とシフトの話してたの、聞こえちゃったのよ～」
更紗「……」
安西「（小声で）聞こえちゃったんだ～」
平光「同居人の都合があるから、日曜は無理ですーって」
安西「（更紗に）だよね」
　頷いて微笑《ほほえ》む更紗。

酒井　「（更紗に）じゃあさ、彼氏くんは、束縛するタイプ？」

一同、更紗の反応に興味津々《きょうみしんしん》。

更紗　「ん～まあ心配なんじゃないですかね。わたしみたいなの」

思わず黙り込み、目配せし合う一同。

一人、ニヤける安西。

更紗　「（空気を察しつつ）え、そうでしょ？」

一同　「いやいやいや」

酒井　「可愛いから心配なのよ」

平光　「束縛もしたくなるよ～、ねえ」

○飲食店が並ぶ通り

更紗が一人で歩いていると、追いかけてきた安西が「おつかれ」と声をかける。

更紗 「（驚いて）おつかれさま」

安西 「ホント、あいつらいい身分だわ。旦那に、家計支えてもらって、人の噂話するしか能がないんだから。ああー、羨《うらや》ましい」

思わず笑ってしまう更紗。

安西 「うち母子家庭だからさ、夜はスナックのバイト掛け持ちだし……家内さんも色々あったんでしょ？　悪いけどネットで調べちゃった」

更紗 「ああ……（曖昧《あいまい》に笑う）」

安西 「あの事件、子供心に憶えてるんだよね。結構テレビでやってたから……あ、怒った？」

更紗 「（笑って）慣れてますから」

安西 「そういうのって、慣れるもの？」

更紗「なんでも慣れた方が楽ですよ」
安西「ふ〜ん」
更紗「……」
安西「ねえ、せっかくだから飲み直さない？」
更紗「え？」

更紗の返事も聞かずに歩き出す安西。

○ガス灯の灯る橋

安西「カリコ？　キャリコ？　って読むのかなあ、あれ」
更紗「うん」
安西「看板出ててね」

安西と更紗が渡ってくる。

安西「たぶんバーだと思うんだよなー」

更紗「へえ」

安西「なんか、おしゃれなカクテルとかありそうな感じなのよー。下のアンティークショップがまた良い味出しててさ……」

更紗「行ったことあるの？」

安西「行ってない（笑う）。あ、あれあれ！　良くない？」

安西、橋の先に見えた茶褐色のビルを指差す。

○とある雑居ビル

明かりの落ちた店内に、鈍い光を湛えたシャンデリアが浮かび上がっている。
ドアを開けると、扉の鈴がリンリンと鳴る。
安西、その後ろから更紗が入ってくる。

安西　「おおー」

中を見回して、

安西　「へえーー」

一階は本日の営業を終えたアンティークショップ。

安西　「すごいね」

更紗　「ねえ」

脇にある二階へと続く階段にほのかな明かりが灯っている。
安西、階段手前に『calico』のシンプルな看板を見とめ、

安西　「見てくる」

更紗　「うん」

安西、階段を登っていく。

更紗、店先に並んだ品々をなんとは無しに眺める。

グラスやカップの並んだショーケースの奥に目を留める。

更紗「……（あれ？）」

更紗が何かに気を留めていると、

安西「（降りてきて）ごめーん、カフェだった。隠れ家バーかと思ったんだけど……コーヒーでいい？」

更紗「どっちでも……」

安西「じゃあ、甘いもんでも食べよっか」

安西に続き、階段を登る更紗。

× × ×

薄暗い照明の中、奥行きのある店内を進むと、

声「いらっしゃいませ」

更紗の視界を横切る細長いシルエットから声がする。

淡い声が更紗の脳内に残響し、全身が粟立つ。

更紗「……」

カウンターに背を向け、ソファ席に座る更紗。

安西「(メニューを見ながら) 変わってるよね、こんなとこで深夜営業のカフェって……え、マジ、コーヒーしかなさそうなんですけど……」

「すいませ〜ん」と呼びかける安西。

更紗、振り向くことができない。

安西「あ、家内さん決まった?」

更紗「うん……」

更紗の背後から足音が近づいてくる。

更紗「……」
二人の席に水を置く手。その細く長い指。
そっと横顔を盗み見る。
文（34）だ。
文「お決まりですか」
安西「ビールとか、ないですよね？」
文「はい」
安西「ケーキとかも、ない……よね？」
文「……」
安西「じゃああたしこの一番で」
黙ってメニューを握りしめていた更紗、
更紗「……あの……わたしも、同じもので」
文「……はい」

文がカウンターへ戻っていく。
そっと目で追う更紗。

安西「（小声で）くっそ愛想ないね。なんか気取ってて落ち着かないし、飲んだらサクッと出よっか」

更紗「……うん」

○亮のマンション・寝室

眠ったまま嗚咽《おえつ》する更紗。次第に高まり、目を覚ます。

更紗「……」

亮は隣で寝息を立てている。
更紗、起き上がると、ベランダに出て静寂の街を眺める。夜明け前の薄ら《うっす》青みがかった空。

○アンティークショップ・店内（日替わり）

入ってきた更紗、身を屈めて先日のショーケースに見入る。瀟《しょう》洒《しゃ》な切込み模様のバカラのワイングラス。

更紗「……」

奥からの足音に、思わず後ずさる。
やってきた店主の阿方《あがた》、ショーケースを開けてバカラを取り出す。

阿方「バカラのワイングラス」

更紗の前にバカラを置く。

更紗　「ワイン、ですか？　わたしのお父さん、これでよくウィスキー飲んでました」
阿方　「おれの親父はそれで焼酎やってたけどね」
　　奥の自席へ戻る阿方。
　　バカラをそっと手に取り思い出深い眼差しで、
更紗　「安いお酒でもこれで飲むと美味しくなるんだーって……」
阿方　「……それ、あなたのお父さんのかもしれないねえ」
更紗　「えっ？」
阿方　「物も人も一緒だよ。出会って、別れて、また出会う」
更紗　「……」
阿方　「ちょっと貸して」
　　更紗の手からバカラを取り、奥へ下がる阿方。
阿方　「ちょっと待ってね」

阿方、バカラグラスを包みはじめる。

○同・表

リンリンと鈴が鳴り、ドアを開けて出てきた更紗、腕に紙袋を提げている。

更紗「ありがとうございました」

店内に向かって礼を言い、ドアを閉める。

微笑《ほほえ》む更紗、もう一度紙袋のなかを覗き見て、開店前の二階（calico）の窓を見上げる。

○calico・店内

夜。カウンター内で豆を挽く文。
検分して香りを嗅ぎ、ネルドリッパーに入れる。
沸騰したお湯をポットに注ぐ。
カウンターからコーヒーを運んでくる文、本に目を落とした更紗の前にカップを置く。

文　「一番です」

更紗　「……（頷く）」

視線を交わすことなく、文はカウンターに戻る。

更紗　「（目で追う）……」

更紗、本を閉じてコーヒーの香りを吸い込み、ゆっくりと味わう。

更紗「……（美味しい）」

と、バッグのなかでバイブにした携帯が鳴る。

更紗、カウンターの文を気にしながら、

更紗「……（着信表示を見る）」

○同・階段

更紗、階段を降りながら電話をかける。

更紗「もしもし？　ごめんね、遅くなって……ね、亮くんご飯食べた？」

亮（声）「どうせまた頼まれたんだろ？」

更紗「……そうなの、急に残業入っちゃってさ……」
亮（声）「もー腹ペコペコだよ」
更紗「うんごめん、今から帰るからね」
扉を開け、出ていく更紗。
リンリンと鈴が鳴り、ドアが閉まる。

○ステーキハウス・厨房

店長がカウンター越しにホールの更紗を呼ぶ。
店長「家内さん、ちょっといいかな」
「はーい」と、やってくる更紗。
店長「（言いにくそうに）あー、家内さん、最近彼氏とうまくいってる？」

更紗「はい?」

店長「あっ、いやいやあの、セクハラとかじゃなくてね、んー、実は、昨日の夜、家内さんの婚約者だっていう人から店に電話があってね、シフトをね、知りたいって……」

更紗「……」

キッチンで作業中の平光、チラチラ気にする。

店長「あ、もちろん言ってないよ。なにかと物騒だからね」

更紗「(頭を下げ)ご迷惑おかけしてすいません」

店長「あ、いやいや、迷惑とかじゃないけど、んー、ほんとに彼氏さんなのかな?」

更紗「多分、そうだと思います……」

店長「そっかあ、んー、そっかあ……」

更紗「……」

○モール・休憩スペース

休憩中の更紗と安西。

安西「いいなあ、愛されてて」

更紗「(いいの?)」

安西「ちょっとねちっこいけど、一種の愛の形でしょ。あたしらみたいなのって、結局オトコ次第じゃない。上場企業の正社員で実家は農家の土地持ち、もう最高じゃん」

更紗「だよね……」

安西「そうだよ。頼れる身内のいない人間には、逃げ場なんてないんだから」

更紗、手すりにもたれて炭酸水を飲む。

安西「彼氏なんて、恋愛以上に、普通の社会生活送ってくための必需品だよ。引越しとか、入院とか、いざって時の保証人とか。普通に考えて、友達はハンコ押してくれないからね」

更紗「(納得)」

安西「羨《うらや》ましいなぁ、コブ付きは厳しいっス……愛されて幸せな家内さんなんか、嫌いになっちゃうかも」

更紗「(苦笑い)」

安西、更紗を残して中に戻って行く。

更紗の顔から笑みが引いて、迷いの影がさす。

○calico・店内

カウンター内。
お湯の沸く傍《そば》で、スツールに腰かけて本を読む文。
カメラがパンすると、同じく一人で本を読む更紗。
他に客はいない。
二人だけの空間。静かな時間。
更紗、そっと文に視線を送る。

●文のマンション・寝室（十五年前）

風に膨らむカーテン。
ベッドで『赤毛のアン』を読んでいる更紗、机に向かい勉強している文の背中を見やる。

更紗「……」

更紗、背後から文に近づいて文の文庫本を奪う。
驚いて振り返る文。
ベッドに戻り、文の本、『ポー詩集』を開いて読み出す更紗。

更紗「子供の頃から、僕は他の子たちと違っていた。他の子たちが見るようには見なかったし、情熱の湧き出る泉も、他の子たちとは違っていた」

文、更紗の手からポーを奪い返す。

文「更紗にはまだわからないよ」

更紗、机に戻った文の背後から再びポーを奪う。

更紗がベッドでポーを読み出すと、また文がやってくる。

文に渡すまじとポーを伏せる更紗。文は更紗の赤毛のアンを手にとり、ベッドの脇に座って開く。

更紗「……」

更紗がポー、文がアンを読んでいる。

●同・リビング～バスルーム～リビング～寝室

朝食の食卓。

更紗と文、対座している。

更紗「いただきます」

手を合わせ、ケチャップを手に取る。

文「いただきます」

文が目玉焼きに塩をかける。

更紗は目玉焼きにぐるぐると大量のケチャップ。

呆気にとられる文。

× × ×

テレビの前に敷いた更紗の〈布団基地〉。

寝転んでデリバリーピザを頬張りながら、アニメ映画を観ている更紗。脇に体育座りの文。自由気ままな更紗を見やる。

文　「……」

×　　　×　　　×

更紗　「（水から顔を上げて）ぶわあっ」

バスタブで遊ぶ水着の更紗。

更紗　「更紗選手、回りましたあっ」

バタ足したり、鼻栓してぐるぐる回ったり、膝を抱えて水に浮かんだり。

×　　　×　　　×

ケチャップたっぷりの目玉焼きを頬張る更紗。
唖然とする文。

更紗「試してみる？」

文「（首を振り）いい」

文、自分の目玉焼きに塩を振る。

×　　×　　×

ベッドに逆さまに寝ている更紗、目を開ける。
外はもう日が高い。
満面の笑顔で起き上がる。

×　×　×

ベッドでポーを読み上げる更紗。

更紗　「だから、子供の頃の僕は……嵐の人生の前の静かな夜明けに佇《たたず》む僕は……」

朗読する更紗を見つめる文。

×　×　×

〈基地〉でデリバリーピザを頬張る更紗。

更紗（声）　「善や悪の深い淵からやってきた、あの神秘に心惹かれたのだ」

文、ゆっくりとピザに手を伸ばす。

〈基地〉の中から盗み見ていた更紗、食べて顔を綻《ほころ》ばせた文と目が合い、足をバタバタさせて喜び、笑い転げる。

×　×　×

朝の柔らかい光。
床に散乱したレンタルＤＶＤや食べ残し。
〈基地〉でそのまま眠ってしまった更紗と文。

×　×　×

先に起きた更紗、熟睡する文の寝顔を見つめる。
早く起きてほしいような、もっと眠っていてほしいような……

更　紗　「……」

女性アナウンサー（声）「行方がわからなくなっているのは、柏戸《かしわど》市に住む……」

●同・リビング

水着にバスタオルを羽織り、カレーの皿を抱えた更紗、テレビに釘付けになる。

女性アナウンサー「小学五年生の家内更紗さん、十歳です」

スタジオから画面が切り替わり、ピースする更紗の写真、続いてあの公園が映し出される。

女性アナウンサー「警察によりますと、更紗さんは、先月二十六日……」

文もキッチンで聞いている。

文　「……」

女性アナウンサー　「学校の帰りに、夕方まで自宅近くの公園で友人と遊んでいたのを確認されていますが、その後行方がわからなくなったということです」

カレーの皿を手に、キッチンから出てくる文。

女性アナウンサー　「公園には、更紗さんのランドセルが残されたまま発見されており、事件に巻き込まれた可能性もあるとみて、捜索を続けています」

画面に更紗の写真が大映しになっている。

文、リモコンでテレビを消す。

更紗　「……わたし、帰ろうか？」

文　「帰りたいなら、いつでも帰っていいよ」

文、食卓に腰を下ろす。

更紗　「ここにいたい」

文、ゆっくりと頷く。

更紗「文、タイホされちゃうかも……いいの？」

文「よくはない……でも、色々なことが明らかになる」

更紗「あきらか？」

文「みんなにバレるってこと」

更紗「なにがバレるの？」

文「……死んでも知られたくないこと」

●同・外観（夜）

明かりの灯った文の部屋。

窓越しに、テーブルにつく文の姿が見える。

●同・リビング

黙々と夜ご飯を食べる文。

更紗「……」

ゆっくりとパイントのアイスを口に運ぶ更紗。

文「……」

更紗「夜になると、あいつが、わたしの部屋に来るんだ……」

文「あいつ？」

更紗「孝弘《たかひろ》……伯母さんちにいる中二の息子……」

文「……」

更紗「伯母さんたちが寝たあと、戸が開く音がして……」

文　「……」

更紗　「あいつがあちこち触ってくるの……」

文　「……」

更紗　「やめてって、頼んでもムダだから……早くいなくなればいいのにっ
て……それだけ考えてた」

文　「……」

黙々とアイスを食べる更紗。

文　「……」

文、箸を置いて立ち上がり、キッチンから何かを持って戻る。
更紗の手からパイントのアイスを取り、隣に腰を下ろす。
手にしたスプーンでアイスを食べはじめる文。
更紗、微笑《ほほえ》む。

文　「（おれも）お尻百叩きだな」

更紗「……うん」
微笑んで頷き、一緒にアイスをすくう更紗。

○calico・店内（現在）

カウンターの文を盗み見ながら、一人座って本を読む更紗。
文がコーヒーを運んできて、更紗の前に置く。
文「一番です」
階段を上がってくる靴音。
文「いらっしゃいませ」
顔を上げ、思わず息を飲む更紗。
スーツ姿の亮だ。場違いなその空気感。

亮、カウンターに戻ろうとした文を制し、

亮「あ、ちょっと待って（更紗の向かいに腰を下ろす）」

「え？」と引きつる更紗。

満面の笑顔でメニューを手に取る亮。チラと、横目で文を窺《うかが》う。

亮「（メニューを投げ出し）おすすめ何？」

更紗、すぐに答えられない。

更紗「……んー」

亮「更紗が飲んでるのは？」

「更紗」の名前への文の反応を見たい衝動を抑え、

更紗「……一番」

亮「（頷いて、文に）じゃあ、それで」

文「はい」

文がカウンターへと下がる。

亮「（店内を見回して）変わった店だな。知らなかったよ、更紗にカフェ
巡りの趣味があるなんて」

更紗「ごめんなさい」

更紗亮「（笑って）なんで謝んだよ。カフェに来ただけだろ」

更紗「……でも、どうして」

文、亮に水を出す。

亮「（文に）ども。（スマホを取り出して）今度、コーヒーメーカーでも
買いに行く？　本格的なやつ。ちゃんと豆も選んでさ」

機嫌良くネット検索しはじめる亮。

亮「いろいろあるよー、どれがいっかな」

更紗「亮くん」

亮「うん？」

更紗「お店に、電話したでしょ？」

亮「……」
更紗「なんでわたしに直接聞かなかったの？」
亮「……最近更紗が変だから、心配でさ」
更紗「変て、どこが？」
亮「急に仕事頑張りだしたり、カフェにはまったり」
更紗「……それって変なことなの？」
亮「（スマホを投げ出し）変だよ。らしくない」
文が豆を挽く音。
更紗「……亮くんは、わたしの何を知ってるの？」
亮「……更紗変わったな。前はそんな口答えしなかったのに」
更紗「……」

×　×　×

亮、席を立ちカウンターに向かう。

文「千三百円になります」

会計中の亮の肩越しに、文を見つめる更紗。

亮、財布から小銭を大量に出してトレイに放る。

文、更紗の視線を知ってか知らずか、目線を落としたまま、

文「ありがとうございました」

亮「(更紗に) 行くよ」

亮、更紗を促して出ていく。

階段を降りる二人の足音の方へ目をやる文。

文「……」

○亮のマンション・寝室

ベッドに半身を起こし、スマホを見ている亮。

亮「……」

パジャマに着替えた更紗が布団に入ってくる。

亮、Tシャツを脱ぎ、更紗にキスをする。

パジャマのボタンを外し、下腹部に手を忍ばせる。

が、更紗の反応は鈍い。

亮、指に唾をつけてもう一度手を潜らせる。

更紗「ごめん、亮くん……ごめん」

亮、キスするが、更紗が身を引く。

亮　「……」

苛立《いらだ》ち、更紗に背を向ける亮。明かりを消し、乱雑にTシャツを着る。

更紗　「……」

更紗、ベッド脇のスタンドを消す。

（暗転）

雨の音が聞こえる。

●とある公園（十五年前）

文（声）「大丈夫？」

ゆっくりと顔を上げる更紗。

見上げると、文が傘を差しかけてくれている。

文　「帰らないの？」

更紗　「……帰りたくないの」

文　「……うち、来る？」

更紗　「……うん、行く」

○点描（現在・過去）

橋に佇《たたず》み、calicoを見つめる更紗。

上空に浮かぶ三日月。

×　　×　　×

更紗、小川のほとりからｃａｌｉｃｏを見上げる。
川辺を走ったり、座り込んだり……衝動と迷いの間で揺れ動く。

×　　×　　×

夜のバス停でバスを待つ更紗。
バスに乗り降りする乗客をよそに、立ち尽くす。
走るバスの車内。更紗、窓辺の席に座りぼんやりと車窓を眺める。

× × ×

あの日の公園。十歳の更紗が雨の中、ベンチで本を抱え込む。
文の傘の下、橋を渡る十歳の更紗。

× × ×

calicoの下の川辺で立ち尽くす更紗。

× × ×

ひとつ傘で橋を渡る十歳の更紗と十九歳の文。

一点を見つめながら歩く文。ふと、隣の更紗を窺《うかが》う。
強まる雨音。

○calico・表

深夜。二階の明かりがフッと消える。
小雨降る中、傘もささずに店の前にやってくる更紗。
リンリンと鈴の音が鳴り、出てきた文、看板の明かりを消す。

更紗「……」

文、看板を台にした椅子ごと店内に運び入れる。
近づく更紗。
文が傘を持って出てくる。

その傍《そば》に、女性・谷《たに》あゆみ（35）の姿。

更紗「！（足が止まる）」

扉に鍵をかける文。

谷「家族で中国に旅行に行ったときにね」

文「うん」

傘を広げる文。あの日と同じベージュの傘。

更紗の姿が目に入った、ような。

谷、ごく自然に文の傘に入り、腕を絡ませる。

谷「亀をその場で調理してくれるところがあってね」

思わず二人に背を向ける更紗。

更紗「……」

談笑しながら歩く文と谷。

谷「わたしなんかちょっと無理だったなあ」

文「どうして？」

谷「え？　だってほら、血が……」

文「そういうの病院で慣れてるんじゃないの？」

谷「それは仕事だから。仕事だから大丈夫だけど」

更紗、無意識についていき、

更紗「あの……」

振り返る谷、続いて文。

更紗「わたし……」

更紗「……最近、よく店に来てくれてますよね」

文「……」

軽く会釈《えしゃく》し、歩き出す文。

戸惑いながら、文と歩調を合わせる谷。

谷「南《みなみ》くん、誰？」

文「うん、お客さん」

雨のなか、取り残される更紗。

○交差点

横断歩道を渡る文と谷。

少し離れてついていく更紗。

信号が点滅し、赤に変わる。

楽しげに話す二人。

距離を置き、二人の後を行く更紗。

更紗「……」

○文のマンション・表

歩く文と谷の後ろ姿。

谷「さっき月見た?」

文「ん、月?」

谷「うん」

エントランスのドアを入っていく二人。

ついていく更紗。

文と谷がエレベーターに吸い込まれていく。

更紗「……(見送る)」

× × ×

表で、マンションを見上げている更紗。

六階のベランダの窓に明かりが灯る。

更紗「……」

踵《きびす》を返して歩き出す更紗、ふっ……と力無い吐息を漏らす。

更紗「（笑いながら）よかった……よかったね、文……」

更紗、笑っているのか、泣いているのか……

空を見上げる更紗。

雲間から月が顔を出す。

●文のマンション・リビング（十五年前）

更紗「ねえ、文」

ダイニングテーブルの文に更紗が尋ねる。

更紗「ロリコンてつらい？」

文「……ロリコンじゃなくても、人生はつらいことだらけだよ」

更紗「……」

●湖（ビデオ画面）

水から上がった家族連れの父親、車から降りた刑事たちを見つめる。

桟橋に立つ更紗と文に近づいていく刑事たち。

「あれ警察じゃない？」「大事件だよこれ」などと囁《ささや》き合いながら、その様子を携帯におさめる行楽客たち。

確保され、「ふみ！　ふみ！」と叫ぶ更紗。連行する刑事たちから逃れようともがく。

更紗　「ふみー!!」

刑事たちに囲まれ、両脇を掴まれる文。

「ふみ！」と叫び続ける更紗。
無抵抗の文、連行されていく。
更紗はただ必死に文に手を伸ばし、その名を叫び続ける。

○亮のマンション・玄関（現在）

明け方。カチャリとドアが開き、更紗が室内へ入ってくる。

○同・キッチン

亮、明かりもつけずに床にあぐらをかいて一点を見つめている。

更紗が手を差し伸べると、亮が更紗の手首を摑む。
亮の力の強さに、顔を歪《ゆが》め座り込む更紗。
小刻みに震えている亮。

更紗「亮くん……痛い」

亮「（声を震わせ）……ばあちゃんが倒れた」

更紗「え……」

亮「夜中に救急車で運ばれたって」

更紗「早く行かないと……」

亮「更紗も一緒じゃなきゃ帰れない」

亮の手が更紗の手首を締めつける。

更紗「……わかったから。一緒に行くから」

○山梨・葡萄畑が広がる丘陵を走る軽自動車

○亮の実家・表

葡萄棚の広がる前庭に到着する軽自動車。
車から降りる亮の父と亮、更紗。
更紗、頭上に連なる葡萄の房を見上げ、

更紗「(思わず) わあ」

亮「匂うだろ? この甘ったるい感じ」

更紗「ん……」

亮のスマホが鳴る。

亮「お、泉《いずみ》？　今ちょうど家着いたとこだけんね」

○同・玄関

玄関で靴を脱ぐ亮の父、亮、更紗。

泉（声）「あ、本当。もうさ、病院行った？」

亮の父「（更紗に）汚いとこだけどゆっくりしてください」

更紗「ありがとうございます」

亮「うん、ばあちゃん元気そうでほっとしたわ」

泉（声）「亮くん、彼女連れてきたら？」

亮、靴を脱ぐ更紗の荷物を持ちながら、

亮「あはは、まあ」
泉（声）「あとで見にいくじゃんね」
亮「やや、来んでいいよ」
泉（声）「うちの親も一緒だから」
亮「いや、いいって」
泉（声）「じゃーねー。また後でねー」
亮「おー、じゃあ待ってるよ。じゃね」

亮、居間に入っていく。

更紗、玄関の柱の上に飾られた幼い亮の写真や賞状に目をやる。

更紗「……」

○同・居間

寿司をつまみながら、テーブルを囲む亮の親族たち。
亮の父と亮、更紗。それに叔母夫婦と従妹《いとこ》の泉。

叔母「やー、兄さんから聞いたときは、亮もまた大変な人選んだと思ったけんど」

更紗「……」

叔母「(更紗を見据え) 会えて良かったわ」
微笑《ほほえ》みを返す更紗。

叔母「若いに苦労しただっちゅうじゃん」
叔母が笑顔で更紗にビールを注ぐ。

更紗「すいません」

叔母「その分控えめで芯の強そうなお嬢さんじゃんけ。あんきしたわ」

叔父「ばあちゃんも喜んでっつらー」

亮「そういえばね、ばあちゃん、更紗見た途端、手すりもつかまらんで、んー更紗ちゃーんって起き上がるからびっくりしたけんね、ほんっと」

泉「亮くん、どうせメソメソ泣いたらー？　もう、ばあちゃん、ばあちゃんって」

亮「うるさいよ、泉」

叔母「まあ、ほぅは言っても、おばあちゃんが生きてる間にお式挙げんとね。長距離移動は無理じゃんね……」

泉「ほうだね」

叔母「ついでに二人で式場の下見でも行ってこうし」

曖昧《あいまい》に微笑む更紗。

叔父「だけんど、亮の上司、こっちに呼べるだか?」
亮「んー」
亮の父「そんなこん気ぃ遣わんでいいら。どうせ戻って畑継ぐだし」
更紗、チラと亮の肩先を見やる。
亮「……そんなん、わからんじゃんけ」
更紗「……」
亮の父「まあ、二人で話して決めりゃーいいら」
亮「うん」
更紗「……」

○同・洗面所

冷水で顔を洗う更紗。
洗面台に手をつき、鏡のなかの自分を見つめる。
泉が入ってくる。
更紗、水を止めてハンカチで顔を拭く。
トイレに行きかけた泉、戻って鏡の中の更紗に、

泉「……更紗さん、その痣《あざ》、亮くんでしょ？」

更紗の手首に残る薄《うっす》らとした鬱血《うっけつ》の跡。

更紗「……」

泉「うちの親も伯父ちゃんもみんな気づいてるよ」

更紗「……」

泉「なんか身内みんなで騙してるみたいで嫌だから言うけどさ、亮くん前の彼女の時も、そんな噂があってさ……」

泉「まあ更紗さんほどじゃないけど、前の彼女も結構複雑な家庭で育っ

たみたい……なんか亮くん、いつもそういう人選ぶんだよね。そういう人なら、母親みたいに自分を捨てないって思ってんじゃん」

更紗「そういう人……」

泉「……いざって時に、逃げる場所がない人？」

更紗「ああ……」

泉、気まずさを覚えたのか、

泉「あ、大丈夫ですか？」

更紗「大丈夫ですよ（微笑《ほほえ》む）」

泉が立ち去り、取り残される更紗。

○同・客間

深夜。亮の隣の布団で眠りながらすすり泣く更紗。
うなされて、苦しげ。

×　×　×

（インサート）
ギーと扉が開き、孝弘（14）が顔を覗かせる。
ここは、更紗が預けられていた伯母の家。
孝弘、幼い更紗の布団を足元からめくる。

×　×　×

きつく目を瞑り、呻《うめ》く大人の更紗。

孝弘「……」

子供の更紗も、同じ姿勢で体を硬直させている。
孝弘が、更紗の顔を覗き込んでいる。
孝弘、更紗の布団に手をかける。
身をよじって、力を込める子供の更紗。

×　×　×

大人の更紗、布団をきつく握りしめ、呻き泣く。
「やめて！」と、叫びたくても声にならない。

×　×　×

文のマンションで眠りながら、泣く子供の更紗。

更紗「やめて!!」

「やめてー」と、眠ったまま泣きじゃくる。

薄《うつす》らと目を開くと、ベッドの傍《そば》に文が立っている。心配そうな眼差しで身を屈め、

文「大丈夫?……」

更紗「……」

涙で目元が腫れている更紗、頷いて無理に笑顔を作って見せる。

○カラオケボックス・廊下〜室内(現在)

更紗、両側に並ぶボックスを確認しながら廊下を歩いてくる。

ガラス越しに、熱唱して盛り上がっている平光・米山・酒井の姿。

三人、更紗を見とめ、手招きする。

×　　×　　×

歌い終え、神妙な面持ちで更紗の横に並ぶ三人。

平光「これ、なんだけど」

iPadを見せる平光。

更紗「？（受け取る）」

平光「家内さんに話すべきか随分相談したんだけど……」

画面上に、ピースした十歳の更紗が笑っている。

『家内更紗ちゃん誘拐事件』のまとめサイト。

更紗、微笑《ほほえ》みを浮かべ、平光に返そうとする。

平光・酒井「あ」

平光・酒井、画面をスクロールし、更紗に見るように促す。

酒井、サイト下方の『更新履歴　佐伯文の目撃情報!!　NEW

松本《まつもと》市にて（写真あり）』という文章を指差す。

更紗「……（嫌な予感）」

タップすると、更紗の目に飛び込んでくる文の写真。

calicoであろう、カフェ店内での隠し撮り。

『松本のとあるカフェにて』というキャプション。

平光「その男、家内さんを誘拐した犯人よね？　一応警察に相談しといた方がいいんじゃない？」

更紗「……」

更紗の背筋が粟立つ。

酒井　「意外と近くにいるかもよ」

米山　「家内さんがこの街に住んでる情報なんてもうだいぶ前から出ちゃってるし」

平光　「なにかあってからじゃ遅いしね」

米山　「そうそうそう」

文の写真を凝視する更紗。

酒井　「大丈夫？」

更紗　「……（耳に入らない）」

○道

足早に歩く更紗。

駆け出す。
目の前に文のマンション。

○文のマンション・六階の廊下

息を切らして駆けつけた更紗、文の部屋のインターホンを押す。
留守なのか、反応がない。

更紗「……」

更紗、何度もインターホンを押し、ドアを叩く。

更紗「……文」

再度、インターホンを押す。
カチャリ、とドアの開く音。

○亮のマンション・リビング

ドアが開き、亮が入ってくる。

薄暗い室内。膝を抱えてリビングにうずくまる更紗。

亮、明かりもつけずに座り込む更紗を見とめ、

亮　「（ため息）いるんだったら、開けてよ」

顔を上げない更紗。

亮　「……」

亮、電気をつけ、苛立《いらだ》ちまぎれに鍵を放る。

亮　「（キッチンを見て）なんもないじゃん」

時計を外し、ジャケットを脱ぐ。

更紗「ウーバーでも頼む？」

亮「……ごめんなさい。なにか作る（立ち上がる）」

更紗「……」

浴室に向かい、シャワーをひねる亮。

冷蔵庫を覗き、扉を閉める更紗。玄関へ向かうと、亮が立ちふさがる。

更紗「！……」

亮「どうしたの？」

更紗「……コンビニ行こうと思って」

亮「佐伯のとこだろ」

更紗「（絶句し）え？」

亮「なんで……なんであいつなんだよ……しれっとカフェのマスターなんか気取りやがって」

更紗「……亮くん、文のこと知ってたの？」
亮「……あんな奴がいつまでも隠れていられるわけないだろ。そのうちネットでバラされるのがオチだって」
更紗「……」
亮「更紗……（肩を摑み）いい加減目覚ませよ。ちゃんと現実受け入れよう、な？」
更紗「……もしかして……亮くん？　文の写真……亮くんが撮ったの？」
目を泳がせ、更紗の肩から手を離す亮。
更紗「え？　ちょっと……嘘だよね？」
亮「……」
亮、顔色を失っているが、再び更紗に挑戦的な目を向ける。
更紗「……どれだけ……」
更紗、亮の胸ぐらを摑んでつかみかかる。

更紗「どれだけ文がつらい思いしてきたか……亮くん!!　自分のやってることわかってる？　やっとだよ！　やっと文が手に入れた幸せなのに……なんで⁉」

更紗の息は荒くなるが、亮は一点を睨《にら》みつけたまま黙っている。

亮「……」

亮が目を上げると、更紗の軽蔑の眼差しと出合う。

次の瞬間、亮が更紗を平手で殴りつける。

吹っ飛んだ更紗の身体、リビングのガラス戸に激しくぶつかって倒れる。

更紗「……」

顔が焼けるようで、キーンという耳鳴りが響く。

半身を起こした更紗の鼻や口から、ポタポタと血が滴《したた》り落ちる。

亮「文、文、文ってうるせえなあ……」

怯え、後ずさる更紗。

亮「おまえらどうなってんだ?」

亮、更紗に蹴りをいれる。

更紗「うぐっ……(息が止まる)」

亮「あいつは、おまえを誘拐した変態のロリコン野郎だろうが!」

再び蹴られ、更紗の身体が跳ね上がる。

亮「おかしいだろ!」

容赦無い亮の殴打。

亮「なんでだよ……なんでだよ……おまえも裏切んのか⁉ おまえもおれを捨てんのか⁉」

更紗、身体を丸め、クッションで身を守ろうとする。

亮、クッションを奪い、狂ったように更紗に打ち下ろす。

亮「ふざけんな‼ どこがいいんだよ、あいつの‼ おい! ふざけんなよ!!」

振り下ろしたクッションがスタンドを倒し、座り込む亮。

赤く腫れた瞼《まぶた》を恐る恐る開く更紗。うずくまり、打ち震える亮の姿が目に入る。

更紗「……」

亮「……更紗」

更紗にすり寄る亮。更紗の上に乗り、

亮「更紗……更紗……」

上着の下から手を入れ、愛撫《あいぶ》しようとする亮。

更紗「やめて……やめて!」

亮「なんで?」

更紗「嫌なの」

亮「……あいつならいいのかよ」

亮、スカートを強引にまくり上げ、下着を脱がそうと手を這《は》わせる。

更紗「……」

必死に腕を伸ばし、スタンドを摑む更紗。

亮の頭に躊躇《ちゅうちょ》なく振り下ろす。

更紗、呻《うめ》く亮の身体を押し退け玄関へ這いずり出る。

○同・渡り廊下

よろめきながら玄関から出てくる更紗。

荒い息で手すりを頼りに階段を降りていく。

○同・表

街路に出る更紗。

道ゆく人にぶつかりそうになりながら、よろよろと歩く。更紗の血だらけの顔に驚く通行人。

●湖（十五年前）

ビート板を手に、バタ足で泳ぐ楽しそうな更紗。
桟橋に腰かけ、笑顔で眺めている文。

○街路（現在）

うめきながらよろよろと歩く更紗。
通行人たちの視線。
髪は乱れ、目元や口元は腫れ上がり、血が顔の至るところにこびりついている。

●湖（十五年前）

水面に仰向けで浮かぶ更紗。

目を見開き、満面の笑顔。
青い空に白い月が浮かんでいる。

更紗「文、見て！　月！」

文、（月を見上げず）岸辺を見つめて立ち上がる。

更紗「文！」

○夜の繁華街（現在）

当《あ》て所《ど》なく歩く更紗。
振り返る通行人たち。

●湖（十五年前）

岸辺を見つめたまま桟橋に立ち尽くす文。
水から上がり文に並び立つ更紗、岸辺を見る。
停車した三台のバンから刑事たちがぞろぞろと降りてくる。

更紗「！……」

恐怖のあまり、文の腕を摑む更紗。

更紗「……逃げて……」

立ち尽くす文と更紗。

更紗「逃げて！」

文「……」

更紗　「早く……早く！」
　文の袖を摑んで揺さぶる更紗。
　文を見上げるが、逆光で表情は見えない。
更紗　「逃げて！」
　と、文の手が更紗の手を握りしめる。強く固く。

○夜の繁華街（現在）

更紗　「……」
　つと、人の行き交う交差点で立ち止まる更紗。

●湖（十五年前）

身じろぎせず、正面を見据える文。

文「……更紗は、更紗だけのものだ」

更紗「！……」

文「誰にも好きにさせちゃいけない……」

更紗「……」

更紗、ただ文の手を強く握り返す。

文の手と更紗の手が、固く強く結ばれる。

○夜の繁華街（現在）

交差点に立ち尽くす更紗。

●湖（十五年前）

二人に迫る刑事たち。
固く結ばれた更紗と文の手が、引き離される。
連れていかれる更紗、必死に抵抗する。

更紗「ふみ！」

両脇を刑事に摑まれる文、更紗の叫び声が刺さる。

文「……」

「ふみ！　ふみ‼」と、呼び続ける更紗。

なす術もなく、連行されていく文。前を見据え、歩いていく。

その裸足の足元。

文「……」

○calico・表（現在）

歩道の隅にうずくまっている更紗。

リンリンと鈴の音が鳴り、近づいてくる規則的な足音。

文「……大丈夫？」

見上げる更紗。

更紗「うん」

更紗、自分の有様のことだと気付き、無理に笑顔を作って見せる。

更紗「……見た目ほど凄くないから」

文、半ば呆れたようにも見えるが、更紗を見据える眼差しはどこか優しげ。

文「……店、来る？」

更紗「……うん、行く」

○同・店内

ソファに座る更紗、濡れタオルを顔に当てている。
氷水を張った洗面器を運ぶ文、更紗の手からタオルを取る。

更紗「……」

更紗の顔の血痕をそっと拭い始める文。

更紗「……忘れたふり、しないの？」

文「……おれとは関わらない方がいいと思ってた……なのに、すごい有様で現れるから」

更紗「……ごめんなさい。もう帰るね」

立ち上がろうとするが、よろめいて座り込む更紗。

更紗「……」

文「帰るとこあるの？」

更紗「……」

文「ここにいればいいよ」

更紗、うつむいたまま首を振る。

更紗「……文、わたしのこと憎んでるでしょ？」

文「なんでそんなこと……」

更紗「……だって、わたしが……わたしが……」

涙を堪《こら》えられない。

文「更紗……」

更紗、名前を呼ばれ、息が止まる。

更紗「……あの時……警察で失敗したの。文は何もしてないって言っても誰も信じてくれなくて……わたしがちゃんと言えなかったから、あいつのこと、孝弘にされたこと、どうしても言えなかった……」

文「……そんなこと言えるはずない」

首を振る更紗。

更紗「……今だって、わたし文に謝らなくちゃいけない。文の写真ネットに載ってる。このお店のことも……」

文、そっと手を伸ばし、更紗の頭を撫でる。

更紗「(しゃくり上げながら)いつか文に会ったら、土下座しなきゃって……死ねって言われたら死のうって思ってた……生きててもどうせいいことないし……」

頭を撫で続ける文。

泣きじゃくる更紗。

文「……でも、おれは生きてたから、更紗にまた会えた」

更紗「……」

×　×　×

コーヒーを淹れる文。

更紗（声）「文、わたしってどんな子だった？」

文（声）「すごく自由だった……」

文、ネルドリッパーにゆっくりとお湯を注ぐ。滴《したた》り落ちる黒い液体。

更紗がじっと文の動作を見つめている。

文（声）「ちょっと引くほどのびのびしてた」

更紗（声）「文は……昔と全然変わらない」

文、熱いコーヒーをたっぷり氷の入ったグラスに注いでいく。

更紗（声）「中身はすごく変わったけど……大人の女の人を……愛せるようにな

った」

コーヒーにミルクが注がれ、マーブル模様に混ざる。

それを見つめる更紗。

×　　×　　×

更紗、ひと息にアイスコーヒーを飲み干す。

静かに見守っている文。

更紗、ソファに横たわると瞼《まぶた》が重い。

文、膝を抱え更紗を見つめながら、

文　「……更紗、今でも夕飯の時アイス食べる？」

更紗　「ううん、もう子供じゃないから」

文　「……」

（暗転）

○更紗の新しい部屋・リビング（日替わり）

白い花柄のカーテンが風をはらんで揺れる。
鳥たちの鳴く声。
ガランとした室内。
フローリングの床に転がった本。
目を覚まし、大きく伸びをする更紗。
ゴロゴロと床を転がり、カーテンの隙間から空を見る。朝日が
眩しい。
更紗、ベランダに出てまた伸びをする。

隣のベランダから、人の気配。手すり伝いに近づき、仕切り越しにそっと隣を覗き込む。
洗濯物を干す文の後ろ姿。

更紗「（ニンマリ）」
文に気付かれないよう覗き見る更紗。

○公園
ベンチで優雅にハンバーガーを頬張る更紗。
満足感と爽快感を味わう。
指についたソースを舐める更紗の背後に、本を抱えた人影。
更紗、隣のベンチに腰を下ろしたその人影＝文に唖然とする。

更紗「（え！　なんで？）」
　　更紗、そわそわする。
文「ベランダからおれの部屋見てたろ」
更紗「え？　覗いてたの？」
文「更紗がな」
更紗「……ごめんなさい。ちゃんと文に許可貰わなきゃって思ったんだけど……」
文「なんで？　自分が住みたいところに住めばいいよ」
更紗「迷惑じゃないの？」
文「迷惑かける気？」
更紗「ううん」
文「じゃあ、いいんじゃない」
　　文、本に目を落とす。

更紗「（ホッとして）うん……どうしても文のそばに住みたかった」

文「隣だけどね」

更紗、声を上げて笑う。

×　×　×

スワンボートのペダルを漕ぐ更紗。隣に文。

更紗「あーーーーーっ」

懸命に漕ぐ更紗。

更紗「生き返った気がする（笑う）」

文「やっぱ更紗は更紗だな」

更紗「うん……今までは、文の知ってるわたしのままじゃ、生きてこれなかったなあ……一人で生きていく強さもなかったし、自分を好きになってくれる人と、恋もしてみた。そういう人なら、本当のことわかってくれると思って」

文　「……」

更紗　「でも、やっぱり人って、見たいようにしか見てくれないのかもね」

文　「……」

更紗　「それにわたしああいうこと、すごく苦手なの」

文　「ああいうこと？」

更紗　「ほら、恋愛関係になったらしなくちゃいけないでしょ？」

文　「（ああ……）」

更紗　「どうしても、それが嫌なの。そんなこと（相手には）言えないし。ずっと気付かれないようにしてきたけど、どうしたって、伝わっちゃう」

文　「わかるよ」

更紗「どうして？」

文「……わかるんだよ」

文、ゆっくりとボートを漕ぎはじめる。

更紗「……」

○文のマンション・リビング

テーブルでウィスキーを含む文。シンクに寄りかかり、その背中を見つめる谷。

谷、そっと背後から文を抱きしめる。

文「……香水変えた？」

谷「……わかった？」

文　「うん」
谷、文の首筋や頬にキスする。
徐々に高まり、反応の鈍い文の手を摑み、自分の胸へと誘う。
キスを受けながら、固まっている文。
文　「……」

○カフェ（日替わり）
ショーケースに並んだフルーツタルトを眺めている安西梨花《りか》（8）。
安西（声）「それにしてもさあ……男と女なんて、わからないもんよねえ」
入り口近くのテーブル席で話す更紗と安西。

安西　「ホントはさ、略奪なんかしたくないのよお。なのに、『おれ、別居するから』、なんて言われた日には、グーッて、ねえ」

更紗　「グーッて？」

安西　「グウーッて、高まっちゃうでしょって」

更紗　「はあ（頷く）」

梨花がテーブルに戻ってくる。

安西　「んー、鈍いわね。（梨花に）なんか食べたいのあった？」

梨花　「（首を振って）やっぱいいい」

梨花、首から下げたスマホを手に取り、アニソン動画を見出す。

安西　「まあ、でも、深入りしちゃダメだって思う時点で、もう深入りしてるって思わない？」

更紗　「……うん」

目を伏せる更紗。

表からプップとクラクション。

安西「あ、来た来た！」

安西の彼氏の乗った赤いオープンカー。

安西、慌てて席を立つと、

安西「えっと、あ、お金」

更紗「大丈夫。さっきいただいたから」

安西「ごめんね。ありがと」

スーツケースを引く安西、店の出口で、

安西「梨花、おいで！」

と両手を広げる。

梨花、駆け寄って安西に抱きつく。

安西「うぃーーー（背中を撫でながら）新しいパパ、ゲットしてくるから」

梨花の頭を撫でる。

安西「（更紗に）あ、シーサー買ってくるから。（梨花に）シーサー」

安西、「にゅっ」と指先で梨花の顔にタッチ。

安西「（手を振って）じゃあね、よろしくね。バイバイ」

カフェを出て「うっちぃー」と、彼氏に駆け寄る。

うっちー「お待たせー」

ガラスに張り付いて見送る梨花。寄り添う更紗。

うっちー（声）「梨花ちゃん、大丈夫そう？」

安西（声）「たった三泊だもん平気だよ。なんなら一週間とか預かってもらう？」

うっちー（声）「えー、いいのかなあ？」

寂しげな梨花の眼差し。

更紗、梨花の肩をそっと抱き、

更紗「（安西に手を振って）いってらっしゃい」

梨花も手を振る。

安西「ばいばーい、イエーイ！」
安西が大きく手を振って、オープンカーが発進する。

○文のマンション・リビング

窓辺で、シャツにアイロンをかけている文。

と、キラキラと壁や手元にチラつく光。

文「？」

文、ベランダを覗いて微笑《わら》う。

サングラスをかけた梨花が仕切り越しに、文の部屋めがけて手鏡で光を反射させている。

梨花のいたずら心に乗って、ベランダに向かう文。

梨花、仕切りの陰に隠れるが、

文「君は誰だあ？」

文、仕切りの上から霧吹きで梨花に水をかける。

梨花「うわあ」

梨花、手鏡で応戦。

真っ青な空に楽しそうな二人の声が響く。

○文のマンション・更紗の部屋・リビング

寝室で眠ってしまった梨花の手から、アイスの棒を引き抜く文。

食後の後片付けをしている更紗。

更紗「……文は優しいね」

文「そうかな」

更紗「今日だってなんだかんだ断らないし」

文「……一人は怖いから」

室内バーベキューの跡を片付けていく二人。

更紗「……文はどうしてたの？　あれから」

文「うん……」

答えづらい文の空気を察してか、

更紗「まあ、色々あるよね……」

文「……実家で何年も監視されてた」

更紗「(思わず文を見て）え？……」

×　×　×

（インサート）

文の実家の脇に建てられた小さな離れ。

母屋の二階に映る文の母・音葉《おとは》（51）のシルエット。

文（声）「少年院を出た後、本当は外で働くつもりだったけど、親に呼び戻されて……」

×　　×　　×

文「家に帰ったら、おれ専用の離れが裏庭にできてた」

更紗「なんで？」

文「母親は根っから正しい人だから、許せなかったんだよ。本当はただ不安だったのかもしれない……それでも、食事だけは作ってくれた。毎日、規則正しく」

更紗「……」

文「……今は自由だ」

更紗「……」

（暗転）

○同・エントランス（日替わり）

郵便受けに手を突っ込み、調べている亮。

そこへ更紗が帰ってくる。

更紗・亮「！」

亮、逃げようとした更紗の腕をつかんで引き戻す。

生気のない、無精髭の亮。

亮「佐伯と暮らしてるの？」
更紗「……（答えない）」
亮「……戻ってきてほしい……今なら許すから」
更紗「許すって何を？……わたしは何を許されなくちゃいけないの？」
　挑むような更紗の語気に少し後ずさる亮。
亮「はあ？　おまえ、あの男に何されたのか忘れたのか？」
　更紗の肩を突く。
更紗「……ねえ亮くん、（真っ直ぐに亮を見据え）わたしかわいそうな子じゃないよ？」
　呆れ顔で更紗を見る亮。
亮「ビョーキだよ、おまえ」
更紗「……」
亮「そんなんじゃ一生抜け出せないぞ」

更紗「だとしても、亮くんに関係ない」

亮「ふざけるな!!!」

思わず拳を振り上げるが、思いとどまる亮。

荒い息で顔が歪《ゆが》む。

更紗「……」

亮、更紗にキスをする。何度も、強く。

無反応の更紗。

亮「……おれ、諦めないから」

更紗「無理だよ……もう」

亮「……」

更紗「……いつも感謝はしてたよ。わたしを好きになってくれて」

亮「……」

更紗「だからわたしもちゃんと、亮くんのこと好きにならなきゃ、って思

って た……」

亮の目から涙が一筋こぼれる。

亮「（声を荒げて）誰が……誰が感謝してくれって頼んだよ!!」

亮の、激しくも物哀しい眼差しに、

更紗「……ごめん。わたしも、あなたにひどかったね」

亮「……」

うなだれ歩き去る亮。

エレベーターホールに谷が立っている。

谷「……」

亮の姿が遠のくと、くずおれる更紗。

谷「（駆け寄って）大丈夫？（更紗の顔を見て）あれ？ あなた……」

○同・エントランスへ続く道

マンションに背を向けて歩き去る谷。
つと立ち止まり、文の部屋を見上げるが、また歩き出す。

文（声）「……彼女は、おれが『佐伯文』だってことは知らない」

○同・ベランダ（日替わり）

夕闇。仕切り越しに文の話を聞いている更紗。

更紗「……」

文　「事件のこと……何度も言おうとしたけどダメだった……おれは昔と何も変わらないよ。彼女とは、繋がれない……」
更紗「じゃあ文は……文は……まだ……」
文　「彼女のこと、大切にしたいと思ってる（けど）……」
部屋に戻る文。
更紗「……」

○calico・店内（日替わり）

ひとり、焙煎機を回す文。
コーヒー豆を燻《いぶ》す煙が立ち昇る。

文

●文の実家・玄関（二十年前）

扉を開けて入ってくる中学生の文。

視線の先、母の音葉が庭の小さなトネリコの前に屈んでいる。

音葉、無残にもトネリコを抜き、根についた土を振り落とす。

「……」

○文のマンション・寝室（現在）

うなされ、目を覚ます文。

文「……」

ベッドの縁に腰掛ける文。薄《うっす》らと滲《にじ》んだ涙を拭う。

○文のマンション・更紗の部屋（日替わり）

梨花の額に手を当てる更紗。

梨花「……迷惑かけてごめんね」

更紗、梨花に冷却シートを貼りながら、

更紗「ううん、そんなの気にしなくていいよ」

心配そうに梨花を見つめる更紗。後ろに控える文。

更紗「……やっぱり休もうか」

文「大丈夫だよ。おれが見てるから」

更紗、文を振り返る。

更紗「……」

○ステーキハウス・厨房

一心に食器を洗う更紗。

更紗（声）「安西さん……何度もごめんね」

○モール・休憩スペース

更紗のスマホ画面。『安西さん』に発信中。

更紗（声）「いつ帰ってくるかだけでも、連絡ください」

スマホを耳にあてる更紗。

更紗（声）「じゃ、折り返し待ってます……あ、梨花ちゃん何も言わないけど、すごく我慢してると思う」

更紗、幾度もかけ直す。

○文のマンション・更紗の部屋

文、更紗の本棚から『ポー詩集』を見つける。

文「！……」

思わず手に取り、ページを開く。

文「……」

寝室で梨花が起き上がり、タオルケットを羽織ったままやってくる。

梨花「何読んでんの？」
文「……詩集……詩をたくさん集めた本だよ」
梨花「好きなの？　シシュウ」
文「昔よく読んでた。死ぬほど時間があったから」
梨花「文くん、お仕事してなかったの？」
文「長いこと、引きこもってたから……」

梨花、文のそばに座り込む。

梨花「引きこもって何してたの？」
文「……考えてた」
梨花「何を？」
文「昔、離れ離れになった人のこと。毎朝、今どこにいる？　何してる？

元気かなって……寝るときも」

梨花　「それって、初恋の人？」

文　「さあ……どうだろう」

梨花　「（ニヤリとして）更紗ちゃんには内緒にしてあげる」

文　「（微笑《わら》って）ありがと」

梨花　「じゃあ、シシュウ読んで」

文　「梨花にはまだわからないよ」

梨花　「いいから読んで」

梨花、椅子に腰を下ろし、ズルズルと文に近寄る。

梨花におされて、読みはじめる文。

文　「……子供の頃から、僕は他の子たちと違っていた

他の子たちが見るように見なかったし

情熱の湧き出る泉も、他の子たちとは違っていた

悲しさだって、他の子たちと同じ泉からは汲み取らなかった」

×　×　×

（インサート）

薄暗い「離れ」のなか。

壁面を埋め尽くす無数の本たち。

文（声）「心を喜ばす歌も、みんなと同じ調子のものではなかった」

鈍く光るサンキャッチャー、彫りかけの木彫りの鳥。

狭いベッドで本に目を落とす文。

文（声）「そして何を愛する時も、いつもたった一人で愛したのだ」

食事のトレーを運び入れ、ドアを閉める。

文（声）「だから子供の頃の僕は……」

雪のなかの離れ。吹き抜ける風の音。

文（声）「嵐の人生の前の静かな夜明けに佇《たたず》む僕は……」

ベッドに寝そべり、壁に貼られた紙片を指でなぞる。

文（声）「善や悪の深い淵からやってきた
あの神秘に心惹かれたのだ」

床を這《は》う蟻を避け、すり足で室内を歩き回る文。

文（声）「そして、今もそうなのだ
今もあの奔《はや》い流れや、泉に、あの山の赤い崖に」

狭い室内をさまよい歩く文。蝶も、外へ出ようと天窓付近で羽をバタつかせる。

文（声）「僕の周りを巡るあの金色に輝く秋の陽に
疾風《はやて》のように空を過ぎるあの稲妻に
雷のとどろきや嵐に、そして雲に……

魔力ある怪物となったあの雲に」

夜。無心に鳥を彫る文。

小さな窓の外に見える母屋を見上げる。

文（声）「そうなのだ、そんな神秘に、心惹かれたのだ」

離れの上空に響く雷鳴。

×　　　×　　　×

（インサート）

更紗と過ごした日々の点描。

ピザを食べようとして、〈布団基地〉から顔を覗かせた更紗と目が合う文。

目玉焼きにケチャップを回しかける更紗。

並んでアイスを食べる更紗と文。

×　×　×

「離れ」の外。

降りしきる雪のなかに佇《たたず》み、空を見上げる文。

×　×　×

ゆっくりと夜の湖に入っていく文。

波紋が音を吸い込むように、広がっていく。

文、仰向けに浮かんで空を見上げる。

文「……」

更紗（声）「文見て！」
空に浮かぶ月。
更紗（声）「月！」
文、息を荒げる。目の端から涙がこぼれる。
そのまましばし嗚咽《おえつ》する。

○ステーキハウス・個室

パソコン画面。ネットニュース。

『禁断の15年愛!?　加害者と被害者の驚愕の現在』という煽情的なタイトルの下、公園のベンチで談笑する更紗と文の目隠し写真が掲載されている。

更紗「……（目を見開く）」

更紗と店長、本社社員二人と対座している。

社員二人、更紗の反応をじっと窺《うかが》っている。

若い社員「失礼しますね（スクロールする）」

別の写真には『繰り返される洗脳の悲劇』というタイトルがついている。

若い社員「まあだいたいこういうのって本当に、嘘ばっかりなんですけどね」

年配社員「まさかとは思いますが、昔自分を誘拐した犯人とつき合ったりしてないですよね？」

更紗「……」

若い社員「ここ数日本社に、いくつか取材依頼が来ましてね……あなたに話が聞きたいと」

年配社員「取材を受ける受けないも、基本的にはあなたの自由です。ただ、家内さんの勤め先として、我々の会社の名前が出ることだけは避けたい」

更紗「……」

大きくため息をついた店長のもどかしげな顔。

○文のマンション・更紗の部屋・ベランダ

暮れなずむ街を眺める更紗の後ろ姿。

空を渡る鳥たち。

○同・寝室

スマホを見ながら眠ってしまった梨花。

更紗（声）「ときどき、今すぐあの頃の自分に戻りたいって思う」

○同・ベランダ

仕切りを挟んでそれぞれのベランダに立つ更紗と文。

更紗「今すぐ文の望む姿になって、文がしたいこと、全部叶えてあげたい」

文「……」

文、更紗を見る。
更紗、仕切りの陰に引っ込む。

更紗「苦しいときは、一緒に苦しみたい。文だけが、わたしを好きにできる人だから……ただ、文のためになりたい……」

文、仕切り越しにそっと更紗の背に触れる。
刹那《せつな》、全てを更紗に告白したい衝動に駆られる。
仕切りの陰でこみ上げる涙を必死にこらえる。

（暗転）

○同・エントランス（日替わり）

エレベーターの扉が開き、更紗が降りてくる。

更紗「！」

郵便受けを見て立ち尽くす。

そこら中にビラが貼られ、各戸のポストにも差し込まれている。

『607号室　佐伯文！　このマンションにロリコン犯罪者と

メンヘラ被害者が住んでいます！』

更紗、全て取り出す。

○calico・表

扉の前で立ち尽くす文と梨花。

スプレーで大きく、『ロリコン』『変態　死ね』などと落書きされている。

文　　花「……」

梨　文　花「ここ、文くんのお店？」

文　　花「……そうだよ」

梨　文　花「ねえ、ロリコンってなに？」

文　　花「……大人の女の人を好きになれないことだよ」

梨　文　花「じゃあ、文くんのことじゃないね」

文　　花「え？」

梨　文　花「だって、更紗ちゃんのこと、好きなんでしょ？」

文　　花「……そうだね（微笑《ほほえ》む）」

自転車に乗ったヘルメット姿の男子中学生たちがやってくる。

中学生A「やばくね？　リアルロリコン現場じゃん」

写真を撮り出す中学生たち。

中学生B「邪魔だ、お前が写ってんだよ」

中学生C「ほら、こっち見てるこっち見てる」

中学生Cが動画を撮りはじめる。

中学生A「なにやってんの、あいつ。バーカ、早く来いよ！」

中学生C「いえーい、ロリコンでーす」

文・梨花「……」

中学生C、動画を撮りながら走り去る。

○ステーキハウス・個室

『家内更紗ちゃん事件、再び』というタイトルが躍る週刊誌の記事。

ベランダで談笑する目隠しの文、梨花、更紗の写真。

更紗「……」
「週刊新報」を閉じ、店長に返す更紗。
苦渋の店長、更紗の前に腰を下ろす。
更紗「……長い間、ありがとうございました（頭を下げる）」
言葉を絞り出し、更紗に訴える店長。
店長「いや、そうじゃないよ。いろんな人が好きなこと言うけどさ、そうじゃない人の声を聞いてほしいんだよ……家内さんのこと、本気で心配してる人もいるんだよ」

○同・ホール

扉を開けて個室から出てくる更紗。

聞き耳を立てていた平光・米山・酒井。誰も更紗に声をかけられない。

更紗「……」

苦笑いを頬にたたえ、歩き去る更紗。

○亮のマンション・玄関

扉が開くと、更紗が立っている。

亮「……」

更紗、郵便受けのビラを見せる。

更紗「これ、亮くんなの？」

亮「……入れば（扉を閉める）」

更紗「……」

○同・リビング

昼間からカーテンを閉めた薄暗い部屋。
かなり散らかっている。
果物ナイフを手に、リンゴを剝《む》いてかじる亮。
更紗、亮の背に、

更紗「まだ嫌がらせ続けるの？」
亮「(ため息) 自分にとって都合の悪いことは、全部嫌がらせなんだな」
更紗「……」
亮「……それ、おれじゃないよ。おまえと佐伯が一緒にいることを気持ち悪く思う人間なんか腐るほどいるだろ」

亮、ナイフでリンゴを口に運ぶ。

更紗「……仕事、行ってないの？」

亮「……なに？　もしかして心配してくれてんの？」

振り返る亮。更紗の目には哀れみが浮かんでいる。

亮「……はは……おまえといると……つくづく自分が嫌になる」

涙を堪《こら》え、頭をかきむしる亮。

更紗「……今まで、ありがとう……」

亮「……」

更紗、踵《きびす》を返す。

亮、思わず席を立ち追いかけるが、玄関扉が閉まる。

立ち尽くす亮の肩が小刻みに震える。

○同・渡り廊下

涙を堪《こら》えて歩く更紗、エレベーターのボタンを押す。
と、亮の部屋の扉が開いて、亮が出てくる。

更紗「！（振り返る）」

亮「さらさ……」

亮、なにかを取り落とす。果物ナイフ？
荒い息を吐きながら、手首を押さえて崩れ落ちる亮。
まさか……と、駆け出す更紗。

更紗「亮くん!!」

血だらけの亮に駆け寄る。

更紗「亮くん！」

○calico・店内

お絵描きして遊ぶ梨花。

清掃道具を手に、一階へ向かおうとした文。

リンリンという階下からの鈴の音に足を止める。

文「……」

顔を見合わせる文と梨花。

ガタガタ、と扉を開けようとする音。

○同・一階

扉が揺すられ、リンリンと鈴の音が鳴る。

階段を降りてくる文。

扉の外を見、鍵を開ける。

文「……」

谷が立っている。

○亮のマンション・エントランス

警察や救急車が来て騒然としている。
警察無線の飛び交う中、亮を乗せたストレッチャーに寄り添い歩く更紗。
目を閉じる亮を心配げに見つめる。
血の跡が痛々しい亮の手。添えられた更紗の手。

○calico・一階

谷「……雑誌、見たよ」
立ち尽くし、聞いている文。
谷「……あなたたちのこと知って、吐きそうになった」
文「……」
谷「そんな人を好きになった自分にもゾッとした……だって、小さい女の子よ？」
責めるような眼差しに、思わず目を伏せる文。
谷「南くんは最初からわかってたのよね？　わたしが受け入れられないこと。だから言わなかったんでしょ？　最初から、わたしのことなんて信用してなかったんだよね？」
谷の目から、悔し涙が溢れる。
文、言葉なく床を見つめたまま。

○亮のマンション・エントランス

救急隊員がストレッチャーを停止させる。

と、亮が更紗の手を力なく払いのける。

亮「(か細い声で) いいから……」

更紗「……」

救急車の後部へとストレッチャーが進み出し、思わず手すりに手を添える更紗。

亮、その手に自分の手を乗せ、

亮「……もう、いいから」

救急車に吸い込まれていく亮。二人の手が離れる。

更紗　「……」
　　行き場を失った更紗の手。
　　救急車の扉が閉まる。
　　呆然と、亮を見送る更紗。
更紗　「……」
　　更紗、いつまでも見送っている。

○calico・一階
　　涙を堪《こら》えて出ていこうとする谷。
　　行きかけて扉の前で立ち止まり、
谷　「……一つだけ聞かせて……わたしと一度もしなかったのはそのせい

なの？」

文　「……」

谷　「ねえ、そうなんでしょ？」

文　「……ああ、そうだね……おれは小さい女の子が好きなんだ」

　　ビー玉のような、感情を押し殺した空洞の瞳。

谷　「……」

文　「もしかしたら大人ともできるかなって、試してみたかった……利用してごめんね」

　　谷、泣きたくないのに、涙がこぼれ落ちる。

　　リンリンと鈴の音を響かせて出ていく。

　　取り残された文、息が苦しい。

文　「……」

○取調室

中年の男性刑事・鹿嶋《かしま》と対座する更紗。

鹿嶋「梨花ちゃんと一緒にいるのって佐伯文、ですよね？」

更紗「!?……」

鹿嶋「今は南という母方の姓を名乗ってるそうですが」

更紗「……わたし、中瀬亮さんの件でここにいるんじゃないんですか？」

鹿嶋「（はぐらかすように）週刊誌ってやつは、下品ですよねえ。これじゃあなたが梨花ちゃんを佐伯にあてがってるみたいだ」

鹿嶋、手元の週刊誌（更紗の記事）をこれみよがしにめくってみせる。

ノックの音。

鹿嶋「はい」

女性刑事・日野《ひの》が顔を覗かせる。

日野「中瀬さん、自損行為だと確認取れました」

鹿嶋「ああ」

日野「(更紗に) 傷も浅いみたいですよ」

安堵する更紗。

更紗「もうわたしは……」

腰を浮かせた更紗を手で制する鹿嶋。

鹿嶋「ああ、ちょっと待って」

更紗「?……」

鹿嶋、席を立ち、扉を開けて、

鹿嶋「(日野を呼び) ちょっと、佐伯文、引っ張ってきてくれる? 話聞くから」

更紗「！」

○calico・表

走るパトカーともう一台の警察車両。橋を渡り、calicoの前で停車する。

鹿嶋（声）「ああ、あと八歳の女の子も一緒だから、保護して」

○取調室

更紗、勢いよく立ち上がり、

更紗「え？　ちょっと待ってください。文はなにもしてないって言ってるじゃないですか！」

鹿嶋「あなたね、よりによって佐伯文ですよ」

更紗「……」

鹿嶋「あいつがどんな男だったか、あなたよく知ってるでしょ？」

更紗「……」

○calico・店内

威圧的な足音で入ってくる、日野はじめ複数の刑事と警官たち。

日野、文に手帳を見せながら、

日野「琴川《ことがわ》署・少年係の日野です」

文「……」

日野、梨花に近づき、

日野「安西梨花ちゃんだよね？　警察署でお話聞かせてくれるかな？」

梨花「なんで？」

日野「みんな心配してるからだよ。お姉ちゃんと一緒に行こう」

日野、梨花のお絵描き道具を片付け出す。

刑事たちが文に詰め寄り、

刑事「佐伯文だな？　この状況を詳しく聞きたい。署で話を聞かせてもらおう」

文「……嫌です」

刑事「なんで来てるのかわかってんだろ？」

文「……」

「おいで」と、梨花を抱きかかえる日野。

日野「一緒に行こうね」

嫌がる梨花、すがるように文を見る。

梨花「（抵抗して）やだ……いやだ」

呆然と見つめる文。

梨花「文くん！」

ふらりと立ち上がる文。

刑事「おい、佐伯！」
制止しようとする刑事たちを押しのけて梨花の手を取る文。
刑事「佐伯！　おい！」
後ろから羽交い締めにされ、二人の手が離れる。
文は刑事たちに、梨花は日野に抱えられ、引き離されてしまう
二人。
梨花「文くん!!」
刑事「大人しくしろよ！」
文を制止しようと抱える刑事たち。
文「放して！」
梨花「文くん!!」
文「放せ!!」
刑事「大人しくしろよ!!」

文　「もうやめてくれ!!!」
　必死の抵抗。
　刑事たちに引き戻され、床で羽交い締めになる文。
　「大人しくしろ！」「足掴め！」と力づくの刑事たち。
文　「放せーーー!!!（絶叫）」

○空を渡っていく無数の鳥たち

　この世のものとは思えない美しい夕方の紫。
　佇《たたず》む更紗の後ろ姿。

○湖

栈橋の先端に佇《たたず》む更紗の後ろ姿。
雨に打たれている更紗。左手を開いて見つめる。

×　　　×　　　×

（インサート）
あの日、繋がれた二人の手。
固く、強く。

× × ×

更紗、左手を見つめる。
そっと掌《て》を握りしめる。

× × ×

水中。
飛び込んでくる更紗。
力いっぱい叫ぶが、その声は誰にも届かない。

○calico・階段

激しく嘔吐《おうと》する文。

くずおれ、何度もえずき、苦しげ。

「……」

体を震わせ、嗚咽《おえつ》を押し殺す。

●文の実家・玄関（十五年前）

扉を開けて、十九歳の文が入ってくる。

文の視線の先、中庭で花壇に水を撒《ま》く音葉の姿。

文（声）「子供の頃、お母さんが庭に植えた木……貧弱で育ちが悪くて、とうとうお母さん……ハズレだと言って」

●同・リビング

文「引き抜いてしまいましたよね」

広いダイニングテーブルに座る文。

距離を置いて座る音葉。

音葉「……成長が止まるって、何？」

文「……」

音葉「あなたが異常なのは、産んだわたしのせいなの？」

文　「……やっぱり、僕はハズレですか？……」

音葉　「……（答えられない）」

文　「お母さん……ちゃんと僕を見て」

音葉　「……（見ることもできない）」

文　「ちゃんと見て」

文の真っ直ぐな瞳。

×　　　×　　　×

（インサート）

中学生の文の真っ直ぐな瞳。

トネリコを引き抜いた音葉、文を見る。

音葉　「……」

文から目を逸らし、引き抜いたトネリコを持ち去る音葉。

×　×　×

「……」

文の瞳に浮かぶ失望の色。

●とある公園

呆然と、抜け殻のような文。

空を見上げる。

風が強く吹いてくる。

雲が太陽を覆い隠し、雷鳴が轟《とどろ》く。
雨の降り出した音。

文「……」

文、視線を空から更紗へと移す。
胸元に『赤毛のアン』を抱え込む幼い更紗の姿。

文「……」

ゆっくりと近づく文。
ベージュの傘をさして。

○calico・外観（現在）

曇り空を、鳥たちが音もなく舞う。

○同・店内

文の靴が片方、無造作に床に転がっている。

それを拾い上げ、奥へと歩く更紗。

窓辺の隅、影に溶け込んだ文のシルエット。

更紗「……」

更紗に背を向け、座り込んでいる文。

近寄り難い更紗、文の背後で膝を折る。

更紗「……わたし、どうやって文に償《つぐな》えばいいか……」

文「……」

文、背を向けたまま。

更紗「……わたしのせいで文を傷つけて、文の人生壊した……」

文「……」

更紗「……けど……それでも離れたくない自分がいる……」

文「……」

更紗「わがままで最低だってわかってるけど、どうしようもなく文と一緒にいたかった……あの時、湖で手を繋いでくれたの覚えてる？　わたしね、あの時の感触をずっと頼りに生きてきた……」

文「……」

更紗、靴を置くと立ち上がり、文に背を向けて歩き出す。

背後で、文が動く気配。

更紗「！……（振り返る）」

窓辺に立つ文、更紗に背を向けシャツを脱ぎ始める。

ボタンを外す指が微《かす》かに震えている。

更紗「……」
文、ズボンを脱ぎ、下着に手をかける。指を震わせながら、下着を下ろし全裸になる。
外光に浮かぶ痩せた肢体。
ゆっくりと振り返る文。涙と鼻水が垂れ落ちる。
まるで小児のままの未発達な性器。
更紗「……」
文「……いつまでも、おれだけ……大人になれない……」
更紗「……（見つめている）」
文「更紗は、ちゃんと大人になったのに……」
更紗「……」
文「おれはハズレだから……こんな病気のせいで、誰とも繋がれない」
文、しゃがみ込む。

とっさに駆け寄ろうとする更紗。

近寄るなとばかりに、脱いだ服や靴を手当たり次第に投げつける文。

文 「更紗が近くにいればいるほど！……怖くなった……」

更紗 「……」

文 「更紗にだけは、知られたくなかったから……」

ゆっくりと文に近づく更紗。

逃げるように後ずさる文の手を取る。

泣きじゃくる文。

文の頭をそっと撫で、背中をかき抱く更紗。

文 「更紗に……知って欲しかった……」

嗚咽《おえつ》する文の裸の肩が揺れる。

更紗 「うん……うん……」

更紗、もう二度と離さないというように、いつまでも文を抱きしめている。

●文のマンション・リビング（十五年前）

風に揺れる白いカーテン。
ダイニングテーブルで朝食中の更紗と文。
更紗の唇がケチャップで真っ赤になっている。

文「更紗、口にケチャップついてるよ」

手の甲で拭う更紗に、

文「もっと広がった」

また拭くが、うまく取れない。

傍らのティッシュを取って、更紗の頬を拭う文。
唇も拭う。

文「……」
文、思わず指先で更紗の唇に触れて、なぞる。

文「……」
ん？　と、文を見つめる更紗。

更紗「……」

文「……ごめん」
手を引っ込め、目を伏せる文。

更紗「……」
更紗、目を伏せ、思いを巡らす。
更紗にはわからない、多分文にもわからない「何か」が、二人の間に流れ、霧散した。

更紗、ふと、文を見つめる。

○calico・店内（現在）

ソファに横たわっている文。

更紗、慈愛の眼差しで、文の安らかな寝顔を見つめている。

更紗「……」

○橋

清らかな水が流れる川面。

橋を渡っていく更紗と文。

文（声）「いいの？……おれといたら、どこに行っても……」

橋の中央で立ち止まり、calicoを見つめる二人。

そよぐ風が清々《すがすが》しい。

更紗（声）「そしたらまた、どこかに流れて行けばいいよ……」

○文のマンション・更紗の部屋（日替わり）

夜。枕を並べて横になっている二人。

更紗、文の手を探り当て、握りしめる。

そっと握り返す文。

○夜空に浮かぶ三日月

○メインタイトル『流浪の月』

END

対談　凪良ゆう×李　相日

司会・構成　おーちようこ

――この度『流浪の月 シナリオブック』刊行を記念して、原作者である凪良《なぎら》ゆう先生と、監督ならびに脚本を手掛けた李相日《りさんいる》さんに対談いただく運びとなりました。まずは李監督に原作との出会いと、映画化にあたって心がけたことをお伺いできますか。

李：それを話すために、すこし遠回りしてもいいですか。僕のほうでも、凪良さんが『流浪の月』を書かれたときのことをお伺いしたかったんです。そもそも、どういうきっかけで『流浪の月』という物語を書こうと思われたのでしょうか。

凪良：私はＢＬ《ボーイズラブ》といわれるジャンルで作家としてデビューして、それから十年以上にわたって書いてきました。ジャンルにはさまざまな制約があって、たとえば「ラブ」と付くからには恋愛が題材になります。ですが、そうして小説を書いていくうち、どこかで一度それらをすべて取り外して書いてみたい、そう思ったのが最初です。そのとき果たして自分はどんなものが書けるのだろうか、という興味もありました。

李：そういう意味では、この『流浪の月』がいちばん、ご自身の書きたかった理想に近いのでしょうか？　例えばキャラクターに自分を投影する深度のようなものは他の作品より深かったですか。

凪良：作家には客観的な視点から書かれる方と、憑依《ひょうい》型というか――みずから登場人物になりきって書かれる方がいらっしゃるかと思います。私は自身の内側にある感情や体験を作品に持ちこむことが多いので、どちらかといえば憑依型になるのですが、それでは女性を主人公にした『流浪の月』にもっとも自身が投影されているかというと……どうなんでしょう。李監督はいかがですか、映画を撮るときには。

李：憑依とまではいきませんが、僕もまずは自分のなかの思い込みから始まります。制作を進める過程で俳優さんやスタッフと作品について話せば話すほど、否応なしに視点がどんどん増えて客観的にならざるを得なくなりますので。

実際に台詞をしゃべりながら脚本を書くこともあります。小説でも、そういうことって――。

凪良：あります（笑）。口に出してつぶやいて、引っ掛かるところがあれば直しますね。

李：やっぱり！　凪良さんの小説を読んでいると、実際に口にした感覚を知らないと出てこない台詞がいくつもありました。そういう台詞は文章の上手さや洗練さ以上に、実感が伝わってきて心惹かれるものを感じます。だからこそ僕は、凪良さんの小説を映画にしたいと思ったんです。

もともと『流浪の月』は若いひとから薦められて出会いました。じゃあ読んでみようかと手に取ると最初にカバーを見ますよね、すると苺とアイスクリームの一見かわいらしくも見える写真で……「どうして、これを僕に？」と、すこし困惑したことを憶えています（笑）。

凪良：確かに、李監督の撮られている映画のイメージからすると……（笑）。

李：実際に映画化が決まってからも「なんだか今までとは違うね」と言われることがありま

した。だけど、僕自身は小説を読んでみて、これまで自分が撮ってきたものとそれほどかけ離れてはいないと思ったんです。それに関しては、付き合いのある古いスタッフも賛同してくれました。書かれていることの背骨にあたるところに「良心」が描かれていると感じたからかもしれません。

この世界で生きていくうえでさまざまなところで摩擦が起きて、自分のちっぽけな、でも守りたいものが削り取られていく。そのなかで更紗も文も自身の良心を失わないよう必死に守っていて、お互いを守り合ってもいる。『流浪の月』を読んでいる最中、その姿が感覚的に浮かんできました。

だから「今までとは違うことをやるんだ」という特別な気概はありませんでしたね。ただ撮りたいなと思いました。一方で「今までとは違うね」と言われるのも、いいことだと思っています。

凪良：完成した映画を観た一観客として私も、映画『流浪の月』はこれまで李監督が撮ってこられたものと地続きだと感じました。一方で地続きではあるのですが、画面から伝わってくる張り詰めた空気に、今までの作品とすこし異なる印象を受けたのも事実です。なんと言えばいいのでしょうか、硝子の繊細さのようなものを感じました。あえて違いを挙げるなら、それかもしれません。

李：小説は頭のなかで登場人物や景色を想像しながら読むと思うのですが、文章で「笑った」とだけ書かれているからといって、ただ嬉しいだけとも限らない。たとえば映画の冒頭で更紗がブランコに乗っている場面も、一見すれば不機嫌そうに見えるけれど決して不幸なわけではなくて、ただ自分のなかにある記憶を繰り返し思い出しているだけなんだろうなと思って撮りました。

ひとって案外そういうもので、映像にする際は登場人物が内側に抱えているものと外から見える姿の違いをどう伝えるか考えながら撮ります。物語の中心となる更紗はそれが激しい人物なので、撮る際も自然と繊細さを要したかもしれません。

凪良：小説のなかで更紗が「わたし、亮くんが思ってるほどかわいそうな子じゃないと思うよ」と言いますが、ひとは困った状況に置かれている一方で「今日の晩ご飯なにを食べようかな」なんて考えていることもあるわけで。そこは誰にもわかりませんよね。

李：傍《はた》から見ただけでは、そのひとがどういう人間かなんて本当はわからない。『流浪の月』には、そういうふうに外から見られる自分と内側にある自分との乖離《かいり》がとりわけ感じられました。それは意識して書かれましたか？

凪良：うーん、私自身も若い頃は気にしていたからでしょうか。

李：更紗の「優しさに窒息しそう」という感覚は、これは知らないと書けないんじゃないかなと思っていました。そういう意味では、イコールということではなく、更紗の言葉には凪良さん自身の経験から生まれた感情がこめられているんでしょうね。

凪良：李監督は『流浪の月』のなかでは誰に感情移入をされましたか？

李：うーん……感情移入というか、自分としてはすこし近い部分があっていやだな、と思ったのは亮ですね。彼の混乱や焦りのようなものは理解できてしまう。しかし、あれは自己愛の固まりでしかありませんよね。ひとは誰しも自己愛をなかなか捨てきれないものなので、だからどこか憎めないというか。彼の場合は若さゆえに間違えてしまっているところもあるから、哀れみも感じてしまいました。いつかは自分自身で気付いてほしいなとも思っています。

凪良：この対談までに試写を二度観ましたが、一度目より二度目のほうが亮の姿により胸に迫ってくるものがありました。彼の抱える哀しみや苦しみをより深いところまで撮ってもらったなと思います。彼を許せないひともいるでしょう、でも……。

李：小説でも亮に対しては救いが与えられていましたよね。だから彼に関しては、映画でも初期の段階から最後には救済をと考えていました。

凪良：小説のなかでひとを描くとき、私は善と悪どちらか一色で書かないようにしています。悪いことをしたら、している分だけ裏にある善いことを描かないと悪の部分も際立たないので。更紗にしても、一見かわいそうに見えて実はとてもわがままだし、彼女のもつ両面を描いたつもりです。そこを汲んでいただけてよかったです。

更紗と文は必ずどこかにいる

――李監督が先程、映画を撮るときは自分のなかの思い込みから始まる、と仰っていましたが、映画『流浪の月』においてはどういう思い込みから出発したのでしょうか。

李：更紗と文のような「ふたり」はきっとどこかにいるだろう、という思い込みです。「名前のつけられない関係」というものが、この地上のどこかにあるとしたら、それはとても幸せなことではないでしょうか。もっとも深いところで結びついている、そのような関係があってほしい……いや、あるはずだ、と。

凪良：更紗と文の関係について『流浪の月』を読んでくださった方からも「いいな」「素敵だな」という感想をいただくことがあります。

一方で私としては、実はあのふたりは世界を捨ててしまったとも思っていて。かれらをとりまくすべてにNOを突きつけて、それらから関係のないところに、ただただ「わたしとあなた」だけの世界に行ってしまったような。だからどこか閉じた幸せのかたちでもあり、きっとふたりの幸せも万人が望む幸せとは違うかもしれない。

李：わかる、というのは烏滸《おこ》がましいですね。わかりたい、というべきかな。映画のラストも、原作には書かれていませんが、最後にふたりが電車に乗って旅立つシーンなど撮ってはみました。……撮ってはみたものの、ひらかれた世界に向かうふたりの幸せなありようがうまく想像できなくて。

凪良：えっ、そんなシーンがあったんですか！

李：もともと編集前は四時間もあったんです（笑）。だから撮影したけど採らなかった場面はほかにもあります。文が大学で講義を受けている様子や、亮がバカラのグラスを割るところも。

凪良：それ、観たいです！

李：電車に乗っているシーンは、なんというか憑《つ》き物が落ちたようなふわっとした感じで、ふたりともとてもいい表情をしていたのですが、なんかちがうなと思ってしまった。その前に、ふたりが引っ越す前の晩に、一緒にピザを食べる場面も撮っていて。次はどこの街に行こうかなんて話しながらピザを食べて眠り、夜が明けて電車に乗って……。

凪良：ぜひ完全版で観せてください（笑）。

李：あらかじめ想定していたラストをそのように一通りは撮ったのですが、編集中もずっと「これでいいいんだろうか？」と引っ掛かっていました。それで結局あのシーンで終わることにしたんです。

凪良：あのラストはとても好きですよ。画面の青みがかった色も、ふたりのあいだに流れる空気も。

李：自分では、なぜあの場面をラストシーンにしたのか言葉にできていなかったのですが、今日お聞きした「閉じた幸せ」というのが腑《ふ》に落ちました。次から使わせていただきます（笑）。ふたりがなにを選んだとしても、あそこで終わらせることで、その未来は観るひとに託してもいいのかな。

凪良：誰もが手放しでよろこぶ結末ではないかもしれないけど、それでも更紗と文は互いの手を取ることができた、私としても、それだけでもう十分だと思います。

李：そこでお聞きしたいのですが、小説では性的な描写が抑えて書かれていますよね。それは書く際に最初から意図してトライされたのでしょうか。というのも、肉体的な結びつきのなかにひととひとの関係性を見出すのは、ある意味わかりやすい。でも、それをあえて避けて関係性を描く、その覚悟というか、潔《いさぎよ》さともいえるものを感じたんです。

凪良：そういう行為自体に重きをおくかに関しては性差だけでなく、世代差もあるとは感じています。描かなかったからこそ、読むひとなりに繋がりの深さを想像してもらえていたらいいなと思います。

人間が演じるからこそ生まれてしまうものがある

――四時間もの映像を二時間半に編集されたとのことですが、元々の脚本段階でもかなり長大な作品として構想されていたのでしょうか。

李：今回のシナリオブックに収録される脚本は映画本編に沿って改稿しているので、さっき話したような本編にない場面も削っています。質問に関しては……うーん、最初から二時間くらいに収めるつもりで書いてはいたんですけどね（笑）。

ただ、映画というのは二時間の作品だから二時間分の映像しか撮らない、というわけではなくて。実際に撮ってみたら脚本に書かれていたこと以上のなにかが生まれたり、もうすこし撮っておきたくなったり、想定していなかったことが出てきます。俳優も生身の存在だから、撮影の過程で演技にも微妙な変化が生まれます。役としてつくられた感情だけを撮るんじゃなくて、感情がはみでたりこぼれたりする瞬間を追っていくと自然と長くなる。もちろん最初からそういった効果を狙って撮っている場合もありますが、撮影を続けるうちに俳優同士のあいだに深い関係性が生じることで新たに生まれるものもあって。それらを編集で切っていく、というよりも圧縮する感覚で編集しました。

凪良：映画の終盤で、文を演じる松坂桃李《まつざかとおり》さんが叫ぶ場面がありますが、あの場面なんて絶対に切れないですよね。後からあの台詞がアドリブと教えてもらって驚きました。

李：凪良さんも隣で一緒に見ていたら、これだ、ってなりますよ。シナリオブックに収録される脚本には、そういった撮影中に出た台詞もいれています。

凪良：演じてくださった俳優の方々のなかから生まれた言葉もはいっているのだ思うと感じ

入ってしまいます。
あわせて印象的だったのが、広瀬《ひろせ》すずさん演じる大人の更紗が文と再会してから、はじめて頭を撫でられる場面です。文が手を伸ばすと一瞬びくっとして逃げる更紗に、ふたりの距離感が見事に表れていました。ちょうど撮影現場に見学で伺ったときに撮っていましたが、あそこは李監督の演出だったのか、それとも更紗を演じる広瀬すずさんのアドリブだったのでしょうか。

李：あの場面は十回くらいテイクして、まんなかくらいで撮ったものを使いました。最初は更紗の台詞が終わってから文が手を伸ばす流れだったのですが、なにか腑に落ちなくて、でもそれがなんなのかずっとわからなかった。それで桃李くんだけ呼んで「更紗の台詞が終わるのを待たなくていいから、自分のタイミングでやって」と伝えました。
だから更紗自身予期していないところで文の手が伸びてきて、不意を衝《つ》かれたからこその気持ちがこぼれていて、そこが撮れたという感じでしょうか。

凪良：その後もテイクを重ねていくなかでも、これだ、と思われたということですか。

李：映画本編で使ったテイクは、更紗のなかからなにかがぼろぼろ出た感じがわかったので。あの瞬間、更紗としても広瀬すずとしても、自分の内側からあふれるものがあったんでしょうね。

凪良：文にふれられながら更紗は何度も逃げるけど、それでも彼に伝えなければならないことを必死に言葉にしていて……確かに、あそこにいたのは更紗だったし、更紗なら逃げるでしょうね。

李：逃げてしまうのは、文がいやだということではなくて、更紗にとって文の存在があまりにも大きすぎるから。それが突然ゼロ距離でやってきたら、きっと畏れるだろうなと思うんです。

凪良：同じように俳優のすごみを感じたのが、終盤の文が告白する場面です。松坂さんがあれほどまでに身体を絞って挑んだことに驚いて……小説では表せないものがありました。

李：あの場面は、原作で四章「彼のはなし　I」にあたる、文が更紗にしたであろう告白をどう映像にしようかと考えて撮りました。文の根源的な苦悩が明かされる場面でもあるので、いちばんまじり気のない、正直な文を撮ったのですが……小説から想像を飛躍させた末に生まれたシーンではあるので、むしろご覧になってどうだったか聞きたいです。

凪良：私は小説で書いていることをそのまま映像で出されても、たぶん面白くないと思ったんじゃないかな。映像だからこそできるものを観たくて、その意味では、あのシーンは印象的でした。

李：その言葉が聞けてよかったです。小説で書かれている通り文が語るアプローチもあったと思うのですが、あえて自らの姿をさらすところまで踏み込みました。

凪良：私からも伺いたいです。文に語らせることもできたのに、なぜ、ああいうふうに撮る、ということを選んだのでしょうか？

李：そうですよねえ……どうしてでしょうね……。あの場面は最初、屋外で撮ることも考えていて。

凪良：え、そうなんですか。

李：外で撮ろうと考えたのは、文の告白は更紗だけに向けられたものではないのでは、と思ったからです。彼の告白がひとりでは抱えきれないものの発露だとするなら、calicoのように閉じた安全な場所でないほうがいいのかもしれない、と。ただ結果的にcalicoになったことで、より更紗に向けた言葉に集約できたので、あれはあれでよかったと思うのですが……なんだか、文だったらそうするかなと思っちゃったんですよね。

凪良：ああ……文だったらそうする、かもしれません。確かに。また、いまのお話を聞いて腑に落ちました。あまりにもおおきな秘密を打ち明けるときほど、ひとは言葉が出てこないものですよね。だから、文はあのような行動をとったのでしょうね。

李：そう言っていただけるのはありがたいです。そのうえで今日はもうひとつ、この機会に思い切って伺います。

これは脚本を書くとき非常に迷ったのですが、更紗が両親と過ごしていた時代をばっさり切ってしまいました。原作の読者のなかには好きな方も多いとは思いますが、これは凪良さんから見ていかがだったでしょうか。

凪良：私は、なくてよかったと思います。だからこそ、文と過ごした時間がとても鮮やかに見えました。文の部屋中にビー玉などさまざまなものが散らばっている場面も、ちょっと現実離れしたくらいに眩しくて、美しかったです。

李：だとしたらよかったです。両親との幸福な時期を実際に撮るよりも、更紗はどんな子どもだったのだろうと観るひとが想像してくれたらいいなと思って切ったので。

凪良：李監督には、私のほうからも訊きたいことがあって。以前広瀬さんから伺ったのですが、白鳥玉季《しらとりたまき》さん演じる幼い更紗の撮影を見たいとお願いしたら「見なくていい」と言われたそうですね。それはどうしてでしょう。

李：幼い更紗が過ごした文の部屋は見せましたよ。撮影はしていませんでしたが、この場所だよ、って。

凪良：そういうことではなくて（笑）。広瀬さんからしたら、自分が大人になった更紗を演じるにあたって、もうひとりの更紗が演じているところは見たかったのでは？

李：文と幼い更紗が引き離される湖のシーンを見せるかどうかは考えました。同じ湖で大人の更紗ひとりを撮影する流れだったので、この湖でこんな事が起こったんだというのを見せたほうがいいかは悩みましたが、やっぱり見せませんでしたね。

凪良：なぜですか？

李：見せたところでなにが変わるんだろうと思ったというか。見てしまったら、どうしたって想像の枠が決まってしまいそうで。

もちろん賭けではあります。幼い更紗が過ごした場所はぜんぶ見せたんですよね。その空間や気配から広瀬すずなのか更紗なのかはわからないですが、自分なりに感じてほしかったんです。

凪良：そこで、もし幼い更紗と大人の更紗で齟齬《そご》が起きたら？

李：その齟齬は、たぶんこの映画にとって瑕疵《かし》にはならないと思ったんですよね。ちがっていてもいい、更紗という人格が重なればいい、というか。

凪良：それは役者に託した、とも言えるでしょうか。

李：いつも託してはいるのですが、今回は特に託すべく努力をした、というのでしょうか。更紗に関しては、あまり一から十まで細かく指示をしないように、できる限り「広瀬すずがつくる更紗」でいてほしかったので。

凪良：文の場合はどうだったのでしょう。

李：佐伯文という存在は原作を読んでいても実態がないというか、とらえられない印象がありました。だから、文をどう実在させるかは僕と桃李くんのなかで大きなプレッシャーでした。そもそも文という人物は、凪良さんのなかではどこから来たんですか？

凪良：……どこからでしょうか。すくなくとも私の周りにはいませんね。文に限ったことではないのですが、なにもないところから生まれて、その人物が肉付けされてできあがったときに、それがどこからやってきたのか自分でもわからないことがあるんです。

李：更紗には凪良さん自身の実感が詰まっているように見えてヒントがあったのですが、文は……ものすごく穿《うが》った見方をすると、更紗が生み出した幻影のような存在のようにも見えて。更紗のような状況に置かれた子どもが、頭のなかでつくりだしたものだと言われてもおかしくないくらい、現実感の希薄な存在ですね。だから原作の四章にあたる「彼のはなしI」からずっと探っていました。

凪良：私自身あそこで文の視点からも書かないと、彼がどんなひとなのかがわからないなと思ったんです。更紗にも見えていないことがあるのだから、文からしか見えないものも書いておきたかった。

一方で映画では文の過去については数カットずつ織り込まれていて、時間にすればみじかいのに十分伝わってくるので驚きました。李監督は文がとらえられないと仰いましたが、私としてはしっかり摑んでもらったなと思いました。

李：彼を撮るためになにを頼りにしたらいいのか考えたときに、それはつまり彼の苦しみの根源をとらえることじゃないかと思ったんです。

なので、彼がどんな人物かよりも、彼にとって更紗はどんな存在だったのか、そしてなにに苦しんでいたかが伝わるようなアプローチを採りました。更紗をどう思っているかは見えた手応えが多少ありましたが……それでも未だに文のすべてを理解できている気はしていませんね。

凪良：いえ、丁寧に掬《すく》いとっていただいたと思っています。だからこそ映画の終盤で、幼い更紗の口元についたケチャップを文が指で拭き取ってあげるシーンは、こういう言い方が相応《ふさわ》しいかわかりませんが、撮るのに勇気が要ったのではないでしょうか。あのシーンがないと、いつ文のなかで更紗への想いが生まれたのか観客にはわからない。でも、誤解を招く恐れもおおいにあります。あのシーンをいれてくださって本当によかった。

李：観てくれるすべてのひとが、そう思ってくれたらいいなと思います。小説を読んだときに、なによりもあのシーンがふたりの繋がりを表していると感じたんです。同時に、あのシーンをどう受け止めるかで、観客も問われるかもしれない、とも。ただ完成までに何十回も編集しましたが、あのシーンに関してはプロデューサーもスタッフも誰ひとりとして削るという判断はありませんでしたね。

凪良：一度でも観てしまったら、絶対に削れませんね。

李：あれは文だけでなく、更紗にとっても想いが生まれた瞬間だったと思うんです。もしかしたら、これがどういう感情かはわからないかもしれないけど、なにかが生まれた瞬間。大人になっても、きっと更紗はあの指の感触を忘れないだろうし、思い出すのではないでしょうか。それが幼い更紗と大人の更紗を繋ぐことになるシーンでもあったので。

凪良：ああ、つい文の内面ばかり意識していましたが、更紗の内からも想いが生まれた瞬間だったんだ！　だからこそ、あの瞳はかすかな揺らぎとともに、美しさを湛《たた》えていたんですね。

生身の人間が生きている、その姿を映画にしたい

――対談の冒頭で、李監督が『流浪の月』には「良心」が描かれていると仰っていましたが、それがこの作品を撮りたいと思ったきっかけになったのでしょうか。

李：小説を映画にするのは、実はとても難しい。かならずしもいい小説であれば映画にできるということではありません。

凪良さんの小説を読めばわかるように、ひととひとは本来わかりあえないし、同じ事柄を通じても考え方や捉え方は違います。それは小説も同じではないでしょうか。だから小説に描かれている、その作者が吐き出しているもっとも強いなにかが、自分のなかに残って離れない……そういうとき映画にしたいと思います。『流浪の月』においては、それが良心だったというべきでしょうか。

凪良：どうしてこの小説を書いたのかと私もよく訊ねられますが、書きたかったから書いた、としか言えないことが多いです。

李：『流浪の月』という小説は、更紗も文も、もちろん横浜流星《よこはまりゅうせい》くんの演じる亮や、多部未《たべみ》

華子《かこ》さんの演じる谷さんも、生きることと格闘しています。最後に更紗と文のふたりは世界を捨てるかもしれないけど、それすらも格闘だと思う。自分の生と向き合い、全うしようと逃げずに闘っているひとが確かに存在している。その手触りは大切で、それが強いほど生身の役者が真の意味で演じることができるわけで。物語のために登場人物がいる小説は、映画を撮る身からすると難しい。生身の人間が生きていると感じられる小説こそ映画にしたいと掻き立てられるし、やりたくてしょうがなくなる。『流浪の月』は、まさにそういう小説でした。

凪良：とてもうれしいです。小説はあらすじだけで成り立っているわけではないので、私も常に、そこに生きるひとの気持ちを一片たりとも逃さないつもりで向き合っています。いま「存在している」と言っていただけたこと、そして更紗や文たちを生きていると感じられるような映画を撮ってくださったことに感謝しています。

脚本だから届けられること

——長い時間にわたって貴重なお話ありがとうございました。最後に本書を手に取ってくださった読者の方々に、ひとことお願いできますでしょうか。

李：本書を手に取ってくださった方々は、既に原作の小説を読み、映画をご覧いただだいているのではないかと思います。既に物語は知ってはいても、脚本という形式は、読み慣れていないと非常に淡白に感じられるかもしれません。それでも、脚本だからこそ文字で伝えられることがあるのでないかと思います。

映画を撮ると「原作からどこを変えたんですか」「原作からどう変えたんですか」と訊かれることがあります。それは説明するのも難しいところで、本書でどこまで伝えられるだろうか、伝わるといいなとは思いつつ……本当のところ僕が撮ったものは、すべて小説に書かれている通りだとも思っています。小説から汲み取ったものを、僕自身を通してそのまま映画にしているつもりです。

だから、たとえば幼い更紗と文が引き離される場所は、小説では動物園だったのが映画では湖になっている。それも小説に描かれている更紗や文の内面を追いかけていくと自然に辿り着いた答えのひとつです。脚本というかたちで、それを感じてもらえたら嬉しいです。

凪良：確かに原作から変わっている部分もありますが、映画『流浪の月』は私が小説で書いたことの根幹を、それこそ世界そのものをまるごととらえていました。だから、どんなに場所や台詞が変わっていても、これは確かに『流浪の月』です。同時に、李相日監督の『流浪の月』だと実感できることが、私は本当に幸せです。小説を読んで、映画を観て、そして脚本を読んだうえで、余白に広がる世界さえも堪能していただきたいです。

本書は映画『流浪の月』の完成台本をもとにしています。映画本編では演出の都合により、一部変更されている箇所があります。

凪良ゆう
滋賀県生まれ。2007年『花嫁はマリッジブルー』で本格的にデビュー。以降BL作品を精力的に刊行、デビュー10周年を迎えた17年には非BL作品『神さまのビオトープ』を発表して作風を広げた。20年『流浪の月』で本屋大賞を受賞。近著に『わたしの美しい庭』『滅びの前のシャングリラ』がある。

李 相日
1974年生まれ。日本映画学校の卒業制作『青～chong～』がPFFアワード2000でグランプリを含む4賞を受賞し、映画監督として一躍注目を集める。2006年『フラガール』が第30回日本アカデミー賞最優秀作品賞など各映画賞を受賞する。また、10年『悪人』で第34回、16年『怒り』で第40回の日本アカデミー賞優秀作品賞を受賞。

検印
廃止

流浪の月　シナリオブック

2022年6月10日　初版
2022年6月17日　再版

著者　凪《なぎ》良《ら》ゆう
李《り》相《さん》日《いる》

発行所（株）東京創元社
代表者　渋谷健太郎

162-0814／東京都新宿区新小川町1-5
電話　03・3268・8231-営業部
03・3268・8204-編集部
URL　http://www.tsogen.co.jp
DTP　キャップス
暁印刷・本間製本

ISBN978-4-488-80303-2　C0193